下座見の子
本丸 目付
JN067542
藤木 桂
時代小説
二見時代小説文庫

目次

下座見（げざみ）の子——本丸目付部屋13

下座見の子――本丸目付部屋13・主な登場人物

妹尾十左衛門久継……十名いる目付方の筆頭を務める練達者。千石の譜代の旗本。

橘　斗三郎……四人いる徒目付組頭の中で特に目付の信頼を集めている、十左衛門の義弟。

飯田路之介……父の悪事で家を失うが、十左衛門に保護され妹尾家の若党となった少年。

笙太郎……妹尾家の養子となった十六歳の甥。十左衛門の妹、咲江の三男。

米次……小田原藩お気に入りの「下座見頭」の中間の息子。

本間柊次郎……目付方配下として働く、若く有能な徒目付。目付方で一、二を競う剣客。

松平右近将監武元……老中首座。上野館林藩五万四千石の藩主。

戸田采女正氏教……美濃国大垣藩十万石の藩主。老中首座である松平右近将監武元の五男。

西根五十五郎恒貞……目付の中でも辛辣で世間を斜めに見るようなところを持つ男。

高木与一郎……有能と評判の古参の徒目付。

梶山要次郎……中堅の徒目付。捜査のための芝居などに温厚な人柄が役立つ。

上山尋太郎……家禄四百石の無役の旗本。妻が城の堀に入水自殺をしてしまった。

明慧……増上寺の子院「慈昌院」の住職。家光の側室に繋がる血筋。

康　順……吝嗇として知られ寺を牛耳っている慈昌院の古坊主。

宮本多津……勘定役を務める役人に再嫁した路之介の実母。

第一話　犬追い

一

徳川将軍家の居城である江戸城には、外堀や内堀に架かる橋門まですべて合わせると、ゆうに五十を超える数の門がある。

そうした門の警固は大名や旗本たちに振り分けて命じられ、それぞれ門ごとの規定を順守しながら門番の役をこなしていた。

なかでも一等、重要な門とされているのが、江戸城の大手（正面）に位置する『大手門』で、この大手門の門番を任されるのは、数多ある大名家のなかでもまずは「幕府の子飼い」といえる古参の譜代大名ばかりであった。

石高でいえば十万石前後の、大身の譜代大名たちである。

こうした者たちのなかから、その年に参勤交代で江戸に出府してきている大名家が二家選ばれて、「相番」として協力体制を取りながら、一家ずつ十日ごとの交替制で一年間、大手門の番役を務めることになっていた。

今年の大手門番は、常陸国土浦藩・石高九万五千石の土屋家と、美濃国大垣藩・石高十万石の戸田家である。

今日は大垣藩が受け持ちであったが、十日で交替の十日目ということもあり、何かと緊張を強いられる「江戸城第一の門」の警備から、とりあえず明日には一旦、解放されるとあって、番に当たっている大垣藩の家中の者たちも、心なしか軽やかな風情になっているようだった。

そんな風に門番たちの様子を見て取ったのは、『徒目付組頭』の橘斗三郎である。斗三郎は今、担当の調査仕事を終えて江戸城へと戻ってきたところで、大手門の門番たちに自分の『鑑札』を見せようとしていた。

鑑札というのは、自分の名や役職名などが記された身分証明の木札のことで、これはそれぞれ幕府から正規の手続きを経て、発行されるものである。

江戸城では、この鑑札を門番たちに提示して初めて大手門を通過することができる決まりになっているため、斗三郎も自分の懐に手を入れて鑑札を取り出そうとしていたのだが、どうやらその必要はなかったようだった。

「いや、これは橘さま。先般はまことにもって、お有難うございました」

そう言って、斗三郎のもとへと駆け寄ってきたのは、大手門の番所のなかに詰めていた大垣藩の藩士である。

「いざ戦」という際の敵の侵入を防ぐため、江戸城の大手門は『桝形』という堅固な造りになっており、外からは堀に架かった橋を渡って大手門をくぐると、その先がまるで大きな桝の底のように、四方をすべて塀や『櫓門（武器庫を兼ねた攻撃用の門）』で囲われた四角形の空間になっている。

つまりは敵を安易に城内に侵入させないよう、桝形になったその空間で敵の行軍を堰き止めて、櫓門や塀の『狭間（鉄砲や矢を放つための穴）』から集中攻撃するためのものなのだが、大手門ではその桝形の一画に『張番所』を設けて、幾人もいる門番たちの拠点としていた。

今、愛想よく斗三郎に話しかけてきたのも張番所のなかにいた一人で、中間や足軽身分の門番たちを統括している大垣藩の藩士である。

つい半月ほど前のことだったが、大手門前の堀の水に、どこか近所の大名屋敷から散り落ちてきたらしい枯れ葉が大量に浮かんでいたことがあって、その落ち葉をどうやって取り除くかについて、斗三郎はこの藩士ら大垣藩の門番たちに力を貸してやったことがあったのだ。

門前の堀も含めて門周辺の清掃は、担当の門番家の仕事である。半月前のその際も大手門番の当番だった大垣藩は、堀の水面をびっしりと覆い尽くしている落ち葉の清掃に困っていて、幾人もの中間たちに長い柄のついた網を持たせて、堀の岸から懸命に掬い上げていたのである。

だが所詮、岸から掬える範囲など高が知れている。

見るに見かねて斗三郎は、城の堀に小舟を出して、その舟の上から落ち葉拾いができるよう、特別に幕府の許可が下りるべく、奔走してやったのである。

元来、城の堀というものは、外部からの攻撃を防ぐためのものであり、許可がなければ堀内に足を踏み入れることはできない。ことに大手門前の内堀は、城内と外部とを分ける最後の砦のような堀なため、舟の許可を取るのは簡単なことではなかった。

それゆえ大垣藩でも、仕方なく岸から掬っていたのだが、そこを斗三郎が奔走して、何とか許しを得てきたのだ。

実は、大名家や大身の旗本家が幕府から命じられて務める江戸城門番役の監察は、目付方の職掌の一つである。そも目付方は、幕府の礼法についてを諸武家に指導・

監督する役にあるため、江戸城の門番業務の監督も、その一つに入っているのだ。

とはいえ実際には、五十以上もある城門を定期的に巡回して、諸家が務める門番役に怠慢や不都合がないかを検分しているのは平の『徒目付』や『小人目付』たちなので、十名いる上司の『目付』たちはむろんのこと、斗三郎ら四名の『徒目付組頭』たちも、門番役の監察にはめったに関わりは持たない。

だがあの時は、「大手門前のお堀に落ち葉が次々吹き寄せられて、大垣藩のご家中が掃除に困っているらしい」との小人目付からの報告を受けたため、徒目付組頭の斗三郎が現場に駆けつけたという次第であった。

「まこと、あの際にはご尽力をばいただきまして……」

「いやいや……」

大垣藩の藩士とのそんな一連の話を終えて、斗三郎が大手門の桝形を抜け、城内に入ろうとした時である。背後の門の外から、急に何やら立ち騒ぐ声が聞こえてきたかと思うと、次の瞬間、何事かと立ち止まっていた斗三郎の足元を、三匹の犬が前後しながら城内へと駆け抜けていった。

「やっ、城内に犬が……！」

斗三郎の供をしていた家臣の一人がそう言って、皆で急ぎ犬たちのあとを追おうとすると、今度はなんと二人の子供が、門を抜けて駆け込んできた。
「これ、入ってはならぬぞ！」
とっさに両手を広げて、ガッと子供たちを抱き留めにかかったのは、斗三郎である。
すぐに供の家臣たちが一人ずつを抱き取って押さえたが、二人のうちの幼いほう、
おそらくは五、六歳と見える男児は、どうやら犬たちを追おうとしてか、家臣の腕の
なかで大暴れしている。
するともう一人の、十二、三歳にはなるのであろう年長の少年が、抱き留められた
格好のままで斗三郎たちにこう言ってきた。
「放してください！　犬が入ってしまいましたから、止めないと……！」
「では、あれは、そなたらの犬か？」
斗三郎が訊ねると、年長の少年は首を横に振ってきた。
「たぶん野良犬だと思います。でもさっき『下馬所』の外にいた時は、平気で撫でた
りもできましたので……」
だから自分たちが捕まえようと考えて、こうして大手門を抜けて城内にまで、犬を
追いかけてきたのだと、そう言いたいのかもしれないが、そもそも「どこの誰」とも
素性の知れない子供たちが江戸城内に足を踏み入れていること自体、有り得ないこと

なのである。抱き留めている手を離して、この子供たちを自由に動けるようにしてやることなどできなかった。

　見れば三匹の犬たちは、大垣藩の家中らしき五、六人の中間たちに追いまわされており、もうはっきりと人間たちを敵視して、しきりに吠えたり唸(うな)ったりしている。

「どういたしましょう？　私どもも、『追い払い』を手伝ったほうがよろしゅうございましょうか？」

　後ろから斗三郎に訊いてきたのは、供の家臣の一人である。なぜ追い払いの手伝いをしてやることに、そうして遠慮があるのかというと、野良犬や野良猫、暴れ馬などが城外(そと)から大手門内に入り込まないようにすること自体が、幕府から大手門番を命じられている大垣藩の役目の一つであるからだった。

「やはりここで私どもが出しゃばっては、門番家の皆さまの支障(さわり)になりましょうか？」

「いやこの際、さようなことなんぞはどうでもよいが、今はおそらく下手(へた)に大人数で追いまわしてしまっては、よけいに犬が興奮して、いよいよもって手が付けられんようになるやもしれぬからな」

「ではこのまま、ここで様子を見ましたほうが……」

「うむ……」

あれが「犬追いささら」と呼ばれるものなのであろう。中間たちの幾人かは、細く裂いた竹を束ねて箒のようにしたものを手にしていて、それを犬への威嚇にして、振りまわしたり、地面を叩いてわざと音を出したりしている。

中間たちが恐れているのは、この先にある『大手三之門』にまで犬が入ってしまうことで、そこを突破されると、いよいよ『本丸』や『二ノ丸』の曲輪が目の前になってしまうのだ。

だがその焦りが裏目に出てか、犬たちはかえって三之門のほうへと近づく形になってきて、ささらを手にした中間たちを威嚇して吠えながら、今にもそのまま三之門を抜けて、さらに江戸城の内部へと逃げ込んでしまいそうだった。

「おい、おのおの方、それでは駄目だ！　いったん退いて、犬を三之門から引き剝がせ！」

見るに見かねて斗三郎が、中間たちのほうへと足を向けかけた時である。

斗三郎ら主従と同様、さっきからちょうどこの場に居合わせていた幕臣が、自分の供らしき中間一人を引き連れて、犬追いの手助けに加わっていった。

「よーし、よし。いい子だ、いい子だ……」

身に着けている肩衣と袴が揃いの生地ではなく、上下がバラバラのいわゆる「継裃」になっているから、たぶんどこかの役方で下役として働く御家人身分の幕臣なのであろう。

傍目にも「あれは犬好きに違いない」と判る仕草や声色で、三之門からは離れた場所にいる自分のほうへと引き寄せようと、犬たちに優しく声をかけ続けている。その甲斐あって犬たちも、どうやら少し落ち着きかけたか、吠えるのがまばらになってきたのだが、そんなせっかくの行為を無にするように、大垣藩の中間の一人がくだんの「犬追いささら」を振りまわして、また犬たちを刺激してしまった。

「やっ、さようなことをいたしては……！」

斗三郎が我慢できずに、中間たちのほうへ駆け寄ろうとした時である。

「あっ！」

と、その場にいた皆が、一瞬、息を呑んだ目の前で、犬たちが前後して三匹ともに、人間たちのなかでは一番におとなしそうな、その幕臣に襲いかかった。

「わあーッ！」

もとよりその幕臣は、犬たちを怖がらせないよう目の高さを合わせてしゃがみ込んでいたから、上から躍りかかってきた犬たちに仰向けに転がされて、いよいよもって無防備な体勢になってしまっている。

上から襲ってくる犬たちは、いいように腕や腹や顔などに咬みついては振りまわしていて、その幕臣の供はもちろん、斗三郎ら主従や、大垣藩の中間たちがそれを止めようと駆け寄って脅したり、叩いたりしても、唸ってこちらを威嚇するばかりで、幕臣のそばから離れようとはしなかったのである。

「ほらッ！　餌だぞ！　こっちに来いッ！」

突然、離れた場所から声がして、斗三郎らが振り返ると、大垣藩の者らしき誰かが、弁当箱をひっくり返して、地面に餌をばら撒いているのが目に入った。

「おう、餌か！」

と、目を見張った斗三郎らの横を駆け抜けて、犬たちはいっせいに餌がばら撒かれた場所へと集まっていく。

「旦那さまーッ！」

と、血だらけの主人を抱き上げようとした供の者を、斗三郎は押し止めた。

「むやみに動かしてはならん！　今、急ぎ城内から医者を呼んでくるゆえ、おぬしはこのまま主人を守って、待っておれ」

「は、はい……」

城内の本丸御殿のなかには陪臣(ばいしん)（幕臣の家臣）は入れないから、今は斗三郎(じぶん)が医者を呼びに走るのが、最適なのである。

その後、ほどなく犬たちは、地面の餌にがっついているところを、上から筵(むしろ)を何枚もかけまわして封じ込められ、何とかそのまま門の外まで押し出されていったという。

本丸御殿に常駐している医者たちが、斗三郎の案内で現場に駆けつけてきたのも、まだ幾らも経たないうちのことである。

だが犬に押し倒されていいように襲われていたその幕臣は、もう満足に口も利(き)けぬほどに、顔も身体も咬み裂かれて、ひどい状態になっていたのだった。

二

さてこの大手門の一件は、事後も大変な騒ぎとなった。

あの幕臣は、役高七十俵の『賄方(まかないかた)（食材や台所用品の手配を担当する役方）』の役人であったが、犬たちに咬まれた怪我は相当にひどく、報せを受けて急ぎ駆けつけてきた『番医師(ばんいし)（城内に常駐の医者）』たちも、一見して顔色を変えるほどのものだったのである。

「して、実際、怪我の具合はどうなのだ？」

まず一報、目付部屋に報告に来た斗三郎を相手にそう言ったのは、斗三郎の義兄でもある目付方の筆頭・妹尾十左衛門久継である。

「いや、それが傍目にも、ずいぶんとひどうございまして……」

犬に上からのしかかられて、仰向けに地べたに転げた形になったため、いいように腕や足や腹を咬まれてしまい、顔も血だらけになっていたという。

「顔まで咬まれたのか？」

思わず眉を寄せた十左衛門に、斗三郎も沈鬱な顔でうなずいて見せた。

「腕で防ごうとはいたしておりましたゆえ、あの血がすべて顔の傷から出ていたものかは判りませぬが、左の頬にははっきりと、抉れたようなひどい咬み傷がありましたので……」

「…………」

と、十左衛門は顔をしかめた。

「では、今はまだ『医師溜』のなかか？」

「はい……」

医師溜というのは、本丸御殿のなかにある医者たちの詰所で、交替で常時二十名ほどの本道（内科）や外科の医者たちが、病人や怪我人が出た時のために待機している。

基本は往診の形で、病人や怪我人が出た場所に駆けつけて診察するのだが、今回のようにその場で収まらない場合には、戸板に乗せて医師溜に運び込み、奥で寝かせて治療を続けた。

十左衛門自身、以前、本丸御殿内の『湯呑み所』で、他者をかばって大釜の湯を浴びて大火傷をした際に、戸板で医師溜に運ばれて、そのまま幾日も寝かされていたことがある。

「今、二人ほど見張りを兼ねて医師溜の前に詰めさせておりますゆえ、手当が済んで怪我人の様子が判れば、すぐにもこちらへ報せてまいりますものかと……」

「おい、ちと待て」

斗三郎の話に引っ掛かりを感じて、十左衛門は口を挟んだ。

「『見張り』というのは、一体、何だ？」

怪我人の治療の様子をいち早く知るために、医師溜の前に配下を控えさせておくというのは、いかにも万事に気の利く斗三郎らしくてよいのだが、話のなかで「見張り」という言葉を使ったその真意が判らない。

すると斗三郎は内緒話の体になり、つと一膝、近づいてきた。

「『お当番家』の皆さまが、とにかくもう怪我の具合を気になさいまして、あたふたと動いておられましたので……」

「お当番家というのは、大垣藩の『戸田さま』のことか？」

「はい。こう申しては何なのでございますが、『万が一、怪我人に大事があった際には、どう動かれるか判らない』というような危うい風情が見受けられましたので、まずは目付方（こちら）が目を離さぬほうがよろしいかと」

「なるほどの……」

　たしかに大手門門番の当番家としては、野良犬の侵入を抑えきれずに怪我人を出してしまったということだから、その責任をどう取るか、ひいてはどう取らされるかについてで、今、大垣藩の上屋敷などは大騒ぎになっていることだろう。

　江戸城の諸門の門番が滞（とどこお）りなく行われているかについては、幕府の礼法を指導・監督する目付方の職掌の内にあるため、今日のような有事の際には、もろもろすべて幕府の法に則って、不正なく一件を収めることができるよう、目を光らせておかねばならなかった。

「したが、こたびは大手門での一件ゆえな……。いくら大身の大名家とて、あの衆目（しゅうもく）のあるなかで起こった事実（こと）を、隠しようも、ごまかしようもなかろうて」

十左衛門がそう言うと、だが斗三郎は小さく首を横に振り、いよいよもって声を落として言ってきた。

「『犬を城外から追い立てて、門内に入れたのは誰だ?』と、すでにもう咎人（犯人）探しをなさっておいでてございまして……」

「咎人探し?　なら誰ぞ、わざと犬らをけしかけた者がおるというのか?」

「いえ。犬は野良犬でございましたし、下馬所のごとき衆目のある場所で、わざわざ犬を城内に入れるべく、けしかける者などございますまい」

「まあ、さようであろうな」

十左衛門もうなずいたが、それでも当番家の大垣藩は「誰ぞ犬をけしかけた人物がいるはずだ」として、咎人探しをしているということなのだろう。

「『誰かが故意にけしかけた』とあらば、むざむざと犬の侵入を許してしまった当番家の大垣藩としては、幾分かでも責任が軽くなるやもしれないと、考えてのことであろうが……」

「はい。して、実は、その『責任を押し付ける』にあたって、お当番家の皆さまといたしましては、おそらくしごく都合よく、町人体の子供らなんぞが飛び込んでまいりましたので」

て見せた。

「なにっ？　子供、とな？」

今度ばかりは正真正銘、目を丸くして驚いている義兄に、斗三郎は大きくうなずい

「犬たちを追いまわす形で、大手門の桝形までを駆け抜けて、一気に城内へと入ってきたらしゅうございまして……。私が供の者らとおりましたのは、桝形を抜けた先にてございましたが、城内に駆け込んできた子供らに驚きまして、急ぎどうにか抱き留めました次第で」

その際に年長の少年と交わした二言三言を、斗三郎は一字一句も変えずにそのままに、十左衛門に話して聞かせた。

「ほう……」

と、義弟相手の気楽さで、十左衛門は素直に興味深げな表情になった。

「『犬が入ってしまったから、止めないと』と、そう申したか……」

城勤めの幕臣の子供ならまだしも、普通、町人の子供が「城内に犬を入れてはいけない」ことを、聞き知っているものであろうか。

「その子らは、まことにもって町人の子のようか？」

「いやそれが、着ている着物や髪形から見るかぎりでは町人の子のようなのですが、

お当番家の皆さまがいくら訊いても、自分らがどこの家の子であるものかについては、頑として答えようとはいたしませんので」

「ほう、答えぬか」

「はい。『城の役人に捕まってしまっては、親に迷惑をかけるから……』と、子供ながらにそう考えての沈黙にてございましょうが、どうも何だか、ただの町人の子供ではないような気がいたしまして」

「いや、そこよ」

と、十左衛門は前のめりになった。

「野良犬が大手門を抜けたとて、普通の子らなら止めようとはせんだろう。『城内に犬が入ってしまっては大事になる』と知っておるゆえ、わざわざ止めようとしたのであろうから、やはり幕臣の子なのではないかの」

そう言った義兄の推理に、斗三郎もうなずいた。

「なれば、昔に何ぞかあって浪々の身になった、元幕臣家の子らなのでございましょうか？」

「うむ。そのあたりが妥当やもしれぬが……」

だとしたら「浪人の家の子供」ということになるため、どちらにしても幕府の支配の筋（担当役方）は、町人を管轄する『町奉行方』ということになる。

「して斗三郎、その子らは今、どうしておるのだ？」

「ちょうど私が抱き留めたということもございますので、今は目付方が預かる形で、小人目付の『源蔵』をつけまして、とりあえず大手門枡形内のお番所に留め置いてござりまする」

斗三郎が「源蔵」と呼んだのは、「平脇源蔵」という古参の小人目付のことで、平脇は数多いる目付方配下のなかでも、群を抜いて気配りも手配りも確かな、実に頼りになる配下なのである。

「おう、平脇をつけてくれたか。なれば重畳……」

とりあえず安堵してうなずくと、十左衛門はこう言った。

「では斗三郎、その子らは妹尾家の屋敷で預かろう。子らが出自を言わんでいるうちは、『町人の子である』とはっきり決まった訳でもないのだから、城の門番の監察を担う目付方が、城内に飛び込んできた身元知れずを預かったとて、どこにも文句はつけられまいて」

「さようでございますな」

そう言うと、斗三郎は早くも腰を浮かせ始めた。

「なれば、ちと失礼をいたしまして、さっそくにあの子らを駿河台へと匿うてしまいますので」

「え……？」

と、十左衛門は目を丸くした。

斗三郎が今言った「駿河台」というのは、十左衛門の自宅である妹尾家の屋敷のことである。

「したが斗三郎、まだ儂は仕掛かりの仕事があるゆえ、すぐには目付部屋を動けぬぞ」

「結構でございます。私が今からあの子らを伴って、一足先にお屋敷に連れていってまいりまする。義兄上はお気になさらず、ごゆるりと……」

「…………」

義弟のこの言いように、思わず絶句した十左衛門を見て取って、斗三郎は、一瞬、ニヤリとしたようである。

こうして身元知れずの少年二人は、とりあえずは江戸城の大人たちからの不当な取り扱いから逃れられて、斗三郎に連れられ、駿河台にある妹尾家の屋敷へと向かったのだった。

三

だがそうして「助けてやった」「庇うてやった」と思っているのは、十左衛門や斗三郎ら大人の側だけのことである。当の少年二人は、捕まって軟禁されていた大手門の番所から、今度はまるで知らない屋敷に連れてこられたのであるから、どんなにか不安で怖い思いをしていることかと思われた。

その緊張や怯えを少しでも解消してやれればと、斗三郎はその二人の子供たちを、妹尾家の屋敷にいる少年たちに預けることにした。

十左衛門の甥っ子で、去年、妹尾家の正式な養子となった十六歳の笙太郎と、妹尾家最年少の十四歳の若党・飯田路之介である。

だがそうして笙太郎と路之介に、あの子らの身のまわりの世話を任せるにあたって、斗三郎は一つだけ、ある「仕掛け」をしてみようと考えていた。

今日のあの大手門での一件を、笙太郎と路之介の二人にはいっさい報せずにいるつもりなのだ。

もし二人に今日の一件の経緯を話して聞かせたりしようものなら、

「なれば叔父上、あの子らが一体どこの何という家の子供であるものか、歳の近い私ども二人で、何としても訊き出してみせまする！」

などと笙太郎あたりが言い出して、路之介とともに、少しでも十左衛門や斗三郎の手助けをしようと、要らぬ奮起をしてしまうに違いない。

むろん、あの子らの素性は知りたいのだから、できることなら笙太郎たちに上手く訊き出してもらいたいのだが、「父上や叔父上のお手伝いを……」などと考えたとたんに、かえって肩に力が入って、あの子らと上手く話せなくなるだろう。

それならいっそ何の先入観もないままに、子供どうし仲良く過ごさせてしまったほうが、あの子らの緊張も少しは解けて、何ぞ素性についてもポロリと口にするかもしれなかった。

叔父である斗三郎の来訪を受けて玄関先まで出迎えに来た笙太郎と路之介に、あの子ら二人を引き会わせると、斗三郎はこう言った。

「こちらの二人は、ちと大手門で出会うた子らでござってな。義兄上よりのお命じで、私がここに連れてきたのだ。『この子らとは歳が近いゆえ、そなたら二人で身のまわりの世話をしてやるように……』とのお言付けでな」

「さようでございましたか」

笙太郎は自分の後ろに控えている路之介を振り返って、仲の良い主従らしくうなずき合うと、次には斗三郎が連れてきた子らに向かって、にっこりと笑顔を見せた。

「江戸城(おしろ)からここまで来られたとあっては、ずいぶんとお疲れにてございましょう。ただいま茶や菓子を運ばせますゆえ、まずはお上がりいただいて、ゆるりとお休みくだされ」

「では笙太郎さま、今さっそく『おすすぎ』の用意をしてまいりまする」

路之介の言った「おすすぎの用意」というのは、裸足に下駄(げた)という足元のこの子ら二人が、足を洗ってさっぱりとできるよう、水桶(みずおけ)や雑巾(ぞうきん)を準備することである。

「うむ。頼む」

と、笙太郎がうなずくと、路之介は斗三郎や客の子らにも会釈して、足早に奥へと消えていった。

十六歳の妹尾家の跡継(あとつ)ぎと、十四歳の若党とであるから、まだどこか「ままごと」のごとき主従関係ではあるのだが、それなりに阿吽(あうん)の呼吸ができ上がっているようである。

そんな笙太郎と路之介の様子を、斗三郎は叔父として微笑(ほほえ)ましく眺めていたが、つと思い立ってこう言った。

「なれば笙（しょう）どの、このままこちらの二人をば、お頼みしてもよろしいか？」

「え？　では叔父上、またお城にお戻りで？」

「ああ。相も変わらずあれやこれやと、お役目が繁多でござってなあ……」

と、ここは本音で苦笑いをして見せると、今度は二人の子らに向かって、斗三郎は優しく声をかけた。

「何も言わずにここに連れてまいってしもうたゆえ、どうなることかと、今もさぞかし案じておろうが、とりあえずここにおるかぎりは心配ないぞ。このお屋敷は、幕府で御目付役を務めておられる妹尾十左衛門さまのお屋敷であるゆえな」

「『せのお』さま……？」

年長の少年が、小さく繰り返してきた。

「さよう。城の役人のことゆえ、そなたらは知らぬであろうが、『幕府の御目付さま』と申せば公明正大がご信条、いつ何時、どこの誰に対しても、公平公正に応じてくださる。つまりはな、このお屋敷におる間はそなたらも不当に扱われる心配はないゆえ、徒（いたずら）に案じることはないということだ」

「まこと、叔父上のおっしゃる通りにございますぞ」

と、横手から明るく調子よく口を挟んできたのは、笙太郎である。

「ご事情こそ、未だ存じ上げてはおりませぬが、とにかく何もご心配なさらずに、我が屋敷にご逗留くださいまし」

「…………」

笙太郎にそう言われて、年長の少年は自分の後ろに隠れるようにしてしがみついている年少の子をちらりと振り返ったが、それでも次には改めて斗三郎や笙太郎のほうへと向き直り、きちんと頭を下げてきた。

「ありがとうございます。よろしくお願いをいたします」

そうして、つとまた後ろを振り返ると、自分の背中にへばりついている年少の者を引き剝がすようにして、ぐっと前へ押し出してきた。

「ほら、三吉。おまえもちゃんと、ご挨拶をしなければだめだ」

「…………」

他者のいる前でそんな風に言われたことが、気に入らなかったのかもしれない。

「三吉」と呼ばれた五、六歳と見える子は兄らしき年長者を睨んで、ふくれっ面になったが、それでも小さく頭だけは下げてきた。

「弟の三吉です。よろしくお願いいたします」

「ほう、三吉とやら、そなた、そうしてきちんと挨拶ができるとは、なかなかに偉いではないか」

「…………」

斗三郎に褒められて、三吉はもじもじとして、まんざらでもない様子である。

すると今度は、笙太郎が声をかけてきた。

「やはり、ご兄弟にてございましたか。して、そちらの兄上さまは、お名は何と？」

「米次だよ」

と、さっき褒められた三吉が、調子に乗って横手から答えてきた。

「こら、三吉！　よけいな口を利くんじゃない」

「…………」

だがさっき皆の前で注意をされた直後で、まだふくれているらしく、三吉は知らんぷりである。

そんな兄弟のやり取りに、笙太郎は笑っている。

「お待たせをいたしました」

と、若党の路之介が足のすすぎの用意をして戻ってきて、斗三郎はそれを契機に、子らを笙太郎や路之介に任せて、城に戻ることにした。

「なれば、笙どの、路之介どの、よろしゅうに……」

「えっ、斗三郎さま。もうお帰りなのでございますか？」

つい正直に残念そうな声を出してきたのは、若党の路之介である。

それというのも、以前に路之介は目付方の潜入捜査の手伝いで、斗三郎と父子のふりをして町場の貸家に住み暮らしていたことがあり、以来、路之介は内心で、斗三郎を特別にして慕っているのだ。

「斗三郎さまには『替えの足袋を』と、持ってまいったのでございますが……」

「おう、いつもながら相すまぬ。なら足袋は、今宵また義兄上とともにここに戻ってきた際に、よろしゅう頼む」

「はい！」

路之介の機嫌も、一気に直ったようである。

そんな路之介や笙太郎に米次ら二人を託すと、斗三郎は屋敷を出た。

むろん万事抜かりのない斗三郎であるから、自分の供の家臣を一人、妹尾家の屋敷に残してあって、あの子らが逃げ出したりしないよう、そっと見張らせてあるのだ。

残りの供を引き連れて江戸城へと戻りながら、斗三郎はくだんの犬にやられた幕臣を思い出して、顔を暗くするのだった。

四

　一方、そのころ江戸城では、十左衛門が大手門番の当番家である大垣藩からの呼び出しを受けて、目付部屋から大手門へと向かっていた。

「こたびの大手門での仕儀につきまして、まずはただいまの段階で判明しております限りの経緯をば、ご報告させていただきたく……」

　との願い出の伝言が届いたため、徒目付の本間柊次郎を引き連れて、大垣藩の者らが待つ大手門の番所へと出向いてきたのだ。

　番所には、くだんの小人目付・平脇源蔵も待っていたのだが、どうやら平脇はあの子ら二人を斗三郎に引き渡した後も大手門の番所に残って、あれやこれやと大垣藩の者らに対応していたようだった。

「いや、これは、妹尾さま！」

　まさか「御目付筆頭の妹尾さま」が直々に出向いてくるとは、思わなかったのであろう。大垣藩の者たちは、皆あわてて『下座』の態勢を取った。

　下座というのは、徳川将軍家一族をはじめとする高位の大名や、老中・若年寄以下幕府諸役の高官たちが門を通過する際に、その人物に敬意を表して、門番たちが全員で下座に着き、「相応のご挨拶」をすることである。

　たとえば『御三家』や『御三卿』がお通りになられる際には、白洲（白砂敷きの地面）や地べたに直に平伏してお迎えするし、老中や若年寄といった幕府の要職に就いている大名や、将軍家と姻戚関係にある大名、また石高が何十万石もあるような大身の大名が通過する場合には、俗に「下座台」と呼ばれる板敷きの台座の上で平伏する決まりになっている。

　そうして十左衛門ら目付たちも同様に、大目付や寺社・町・勘定の三奉行、作事奉行や普請奉行などとともに、門番たちから特別な挨拶を受けることになっていた。

　さすがに老中らと同等の「平伏」とまではいかないが、「行儀直し拍子木」といって、通過の合図に小さな角材二本を打ち鳴らすと同時に、門番全員がその場で姿勢を正して、会釈をするというものである。

　この行儀直し拍子木で「妹尾さま」を迎えた大垣藩の門番たちは、十左衛門の目にも明らかに緊張していたが、なかから一人、四十半ばと見える藩士が近寄ってきた。

「こたびはまこと、かような仕儀と相成りまして、申し訳もござりませぬ」

　まずは開口一番に謝罪して、深々と頭を下げてきた。

「拙者、大垣藩にて『番頭（ばんがしら）』を務めております、種井質助（たねいただすけ）と申す者にてござります る」

「目付の妹尾十左衛門だ。では、さっそくではござるが、犬の入った経緯について、判るかぎりで結構でござるゆえ、お話しいただこう」

「はい。まずはあの犬どもが、下馬所よりどうした具合に大手門（こちら）へと入ってきたかにございますのですが……」

下馬所というのは、大手門の前に設けられている広場のことである。「下馬所」という字の通り、馬に乗って登城してきた武家たちは、その広場で馬を下り、そこに自分の馬と一緒に、供の家臣のほとんどを待たせておかなければならなかった。

下馬所の前には堀があり、橋が架かっているのだが、その橋を渡って大手門を抜け、城内に入ることができるのは、くだんの「鑑札」を持っている城勤めの役人か、臨時で登城の許可を申請して「紙の鑑札」をもらってある大名や幕臣のみで、その武家たちが自分の供として一緒に連れて入るのを許されているのは、脱いだ草履（ぞうり）を持たせておく『草履取（とり）』の中間や、着替えや日用品を入れた木箱を持たせておく『挟箱持（はさみばこもち）』など、ごく小人数の家臣だけなのである。

すると必定（ひつじょう）、下馬所に残された家臣たちは、そこで何刻（とき）も何刻も（一刻は約二時間）、勤めを終えて城から出てくる主人の帰りを待ち続けることになる。

　下馬所の地べたに『下座敷（げざしき）』と呼ばれる厚手の大きな筵を広げて座ったり、ふらふらと立ち歩いて他家の家臣たちと世間話をして過ごしたりしていたが、何刻も待たされていれば腹も減るため、下座敷で弁当を広げたり、近くの路上で店を広げている屋台を覗（のぞ）いて、蕎麦（そば）やら団子（だんご）やら田楽（おでん）やらを買い喰いしたり、はては無頼（ぶらい）な渡り中間たちなどは酒まで買ってきて飲んだりと、結構なやりたい放題の状態になっていた。

　そうして人間（ひと）があちこちで飲み喰いしているものだから、その匂いに釣られて、自然、野良犬や野良猫も集まってきてしまう。

　実際、犬が下馬所をうろついているのはよく見かける光景で、一度などはどこかの武家（いえ）の中間たちが、自分たちの食べている何かを野良犬にあげているのを見かけたため、「餌をやるなら下馬所（ここ）ではなく、離れた場所でやるように……」と、十左衛門自身、幕府の礼法を指導する目付として、その中間たちに注意をしたこともあるほどだった。

　以前のそんな光景を思い出しつつ、十左衛門は大垣藩の番頭にこう言った。

「野良犬が餌を求めてうろついておるのは、ようあることではござるがな、そうした犬らに橋を渡らせないよう追い払う、『犬追い』のご家臣がおられようて」

「はい。当家（大垣藩）におきましても、犬追いの中間は、常時、雇うておりまして、今は四名ずつ、二刻（約四時間）ごとの交替で、番に当たらせてございまする」

大手門のほかにも、たとえば『内桜田門』や『西ノ丸大手門』など、城外と城内との境にあたる重要な門には、必ず「犬追い」と呼ばれる中間たちが配されている。

野良犬や野良猫が門に近づいてきたら、くだんの「犬追いささら」で追い払うのが仕事なのだが、そのほかにも放れ馬が橋を渡って近づいてきた際に、長縄を門の左右で張りつめて、馬が門内に駆け込まないよう留めるという役目があった。

大名家や大身の旗本家が登城の際に使用する諸門の前には、規模の大小はあれど、大手門と同様に「下馬所」が設けられている。

つまりは武家がそれぞれに自分の馬を待たせておく訳で、必定、何かの拍子に馬が人の手から放れて勝手にあちこち駆けまわってしまうなどということも、少なくはなかったのである。

「四名おられる『犬追い』がうちの二名は、万一の『放れ馬の留め縄引き』のために取っておかれていらっしゃる、ということでよろしいか？」

十左衛門がやけに持ってまわった物言いで訊ねようとしているのは、今日、実際に犬たちを追い払うべく動いていた「犬追い中間」が何人いたか、ということである。

たとえ「犬追い」という呼び名の中間が、常時四人置かれていたところで、放れ馬が出た際の待機要員として半数の二人が押さえられてしまえば、実際に犬の追い払いに動くことができたのは、たった二名ということになる。

今回の大手門にかぎらず、城の諸門の門番については、「どこに何人、配置するか」を含めて、細かいことは門番役の当番家に任されており、そも日頃、幕府が当番家に対して求めているのは、

「とにかく城に不審な人物を入れないこと」

「馬や犬をはじめとした、城内で騒動を起こし得る事物は、門前で排除すること」

「当番家は門前の堀や石垣、植え込みの木々などを含め、担当した門の周辺の清掃を怠らずに、常にきれいに保つこと」

といった大枠(おおわく)だけなのである。

そうして、その基本の大枠が守られているか否かを監察するのが、十左衛門ら目付方であった。

「いかがでござろう？　ちと重ねてのお伺いにはなるのでござるが、こたび御当家の犬追い役のご家中のなかで、実際に『ささら』を持って犬を追うことができたのは、やはり二人ということでよろしいか？」

「はい……。馬が城内に駆け込んで暴れますというと、いよいよ怪我人も出ましょうゆえ、なるだけ二名は『留め縄引き』に残してございますもので……」

十左衛門に重ねて訊かれて、「種井」と名乗った大垣藩の番頭は、返答に慎重になってきたようだった。

「ですが妹尾さま、その先の桝形内（ますがたうち）の番所にも四名配しておりまして、こたびがように犬が入った場合にはそこからも二名と、さらにその先の『大番所（おおばんしょ）』のほうからも、随時（ずいじ）、人手が出せますように配しておりまして」

つまりは今日のように下馬所から橋を渡って犬が入ってきてしまった場合には、橋を渡った先の大手門の前にいる「犬追い中間」二名が対応し、それで追い払えない時には桝形内の番所から二名が加わり、それでもなお駄目な場合には、桝形を通り抜けたすぐ前に建てられている『大番所』からも、必要に応じた形で応援を出しているということなのであろう。

その大番所は桝形内の番所とは違い、でんと大きく建てられており、なかには番頭の使う部屋をはじめとして、門番の藩士や足軽や中間たちがそれぞれ身分ごとに分かれて使用する詰所が設けられている。

基本的に二刻ごとに交替となるため、その交替要員の休憩所を兼ねており、番頭の種井を筆頭に、どんなに少ない時でも数十人は詰めているそうだった。

「本日も番頭の私を筆頭に三十五名ほどが大番所に詰めておりましたもので、『至急、そのなかから加勢を……』と思うたのでございますが、犬に慣れた者らが申しますには『大人数で追いかけてしまっては、いよいよ手がつけられなくなろう』ということで、結句、大番所からは二名を加えて六名ほどに絞られた次第でございまして」

「なるほど……。では、あえて六名ほどに絞られた、と？」

「はい。さようにござりまする」

「…………」

と、十左衛門は、しばし沈思した。

たしかに現場を見たという義弟の斗三郎も、「大勢で追い立てては、よけいにひどくなろうと思い、手を出すのはやめたのでございますが……」と言っていたから、大垣藩のその判断も、あながち間違いではなかったのであろう。

だが問題はそれ以前の「門前に犬追い専用の中間らを配していたというのに、なぜむざむざと犬に入られてしまったのか？」ということで、実際どういった具合に犬に入られてしまったのかについては、斗三郎も目撃してはいないのだ。

「されば種井どの、次には門前の、犬に入られた経緯についてをお伺いいたしとうござるのだが……」

十左衛門が是非にも訊いておきたいのは、「犬追いの中間たちが犬の存在に気づいたのは、どの段階か？」ということである。もし犬が橋を渡って門前にまで迫ってきてから気づいたのであれば、これははっきり「大垣藩の犬追い中間たちの失態」ということになろう。

そも野良犬が下馬所にいるのはよくあることであり、何かの拍子に橋を渡って門内に来そうになることもままあるため、そうした際には、諸藩、門前に詰めている犬追いの中間たちがいち早くそれを見つけて駆けつけて、ささらを振ったり、「シッ！シッ！」と声を発したりしながら、犬が橋にまで上がらぬよう、なんとか橋前で追い払っているのだ。

そんな光景ならば、十左衛門自身、幾度も見たことがある。そうした他藩の門番家がごく当たり前にこなしている「犬追い」の作業が、今回にかぎって上手くいかなかった原因を、目付方としては追及しなければいけなかった。

「御当家の『犬追い』のご家中が、犬がおるのに気づかれたのは、やはり橋をこちらへと渡られてしまった後にてござろうか？」

大名家を相手のことゆえ、さすがに言葉は選んだが、十左衛門が踏み込んで訊ねると、こたびの門番役の長である種井は、はっきりと首を横に振ってきた。

「いえ、断じてそうではございませぬ。そも犬は三匹ではなく、四匹おったそうにてございまして、その四匹が前後して橋へと向かってまいりましたのを、ささらで脅して追い払っておりましたところに、どこぞから子供が二人、駆け寄ってまいりましたそうで……」

　いきなりこちらへと駆け寄ってきた少年二人に、一瞬、気を取られたその隙(すき)に、犬が三匹、互いに追いかけっこをするようにして、一気に橋を渡っていってしまったそうだった。

「出遅れておりました四匹目の犬だけは、どうにか当家の犬追いの一人が追い払ったそうなのでございますが、すでに犬三匹に加えて、その子らまでもが橋を駆け渡っていたそうにてございまして……」

　もう一人の犬追いが「とにかくすべて、犬も子らも止めねば……！」と、あわててあとを追ったのだそうで、一方、桝形の番所にいた者たちも、突然に現れた「犬三匹と子供二人」という城内では見かけるはずのない代物(しろもの)に意表を突かれてしまい、一瞬、駆け寄るのが出遅れて、門内に駆け込まれてしまったのだという。

「とにかく『あれ』が何であったか、橘さまが子らを連行しておいでてございましたので、ほどなく正体は知れることと存じまするが……」

つまりは目付方が連れていったあの子らを、一刻も早く取り調べて素性を白状させて、大垣藩(こちら)にもその結果を教えろと、そういう意味であろうと思われた。どうも何だか「子供、子供」と、その子らの存在ばかりを言い立てて、犬を追い払えなかった自分たちの失態については、うやむやにするつもりのようである。

ともあれその現場にいなかった十左衛門(こちら)が、今ここであれやこれやと指摘する訳にはいかない。どうやら種井も言いたいだけは言い終えたようで、会話が途切れたのを契機に、十左衛門はその場を辞して、目付部屋へと戻ったのだった。

五

その晩のことである。

駿河台の妹尾家の座敷には、義兄とともに下城してきた斗三郎の姿があった。

今は十左衛門と斗三郎、それに跡取りの笙太郎も膳(ぜん)を並べて、夕餉(ゆうげ)の最中である。

三人の酒食の世話には、いつものように若党の路之介がついていて、そうして他に人を入れず四人きりの席なため、話題は自然、「米次と三吉」と名乗ったあの子らの話になっていた。

「なればもう、半刻（約一時間）も前に寝てしまったということか？」

十左衛門がそう言うと、筆太郎は自分のそばにいた路之介とも目を合わせて、

「はい」

と、一緒に笑顔でうなずいてきた。

「二人とも、ずいぶんと疲れていたのでございましょう。弟の三吉どのなどは、まだ夕餉を口にしている最中から、うとうととなさっておいでてございまして、箸を幾度か取り落としておられました」

「喰うてる途中で寝ておったか……」

「はい。赤子のようで、可愛らしゅうございました」

「…………」

十左衛門は、半ば呆れて、目を丸くした。

半刻前といえば、まだ日没を過ぎたばかりの六ツ半（午後七時頃）である。ここの当主の十左衛門にはまだ会ったこともない初めての屋敷だというのに、すでに早々、寝てしまったというのだから、子供ながらなかなかに豪胆なものである。

ただそうして飯を喰い、ぐっすりと寝ているというのだから、たぶんその「米次と

三吉」とか申す兄弟は、歳の近い笙太郎と路之介の心尽くしの接待を受けて、幾分かでも心を許し始めているのかもしれなかった。

「して、どうだ？　身元のほうは判ったか？」

「え？」

と、今度は笙太郎の側が目を丸くした。

「ではあの子らは、身元の判らぬ子らなのでございますか？」

「…………？」

訳が判らず黙り込んだ十左衛門に、

「義兄上」

と、横手から声をかけてきたのは斗三郎である。

「実は笙どのや路之介どのには、まだ詳しゅうは話してはおりませんで、ただ単に、『大手門で出会うた子らなのでござるが、義兄上が、是非にもお二方にお預かりをとおっしゃった』と、それだけをお伝えいたしましたゆえ、大手門での一件については何も……」

「さようであったか」

要領のいい義弟に話を合わせて、十左衛門はうなずいて見せたが、内心では可笑しくてたまらず、必死に笑いをこらえていた。

おそらくは「笙太郎や路之介には、詳しい事情は聞かせぬほうが得策(とくさく)であろう」と考えて、あえて黙っていたのであろう。絶妙な加減で十左衛門(こちら)の名を使い、「父上のお言いつけなれば、何としても我ら二人で、存分なおもてなしを……」と、笙太郎ら二人が張りきって世話するよう、仕向けたに違いなかった。

「あの……、『大手門での一件』と申しますのは、一体どういう……？」

興味津々(しんしん)、さっそく身を乗り出すようにして訊いてきた笙太郎に、十左衛門はまず最初に斗三郎から聞いた話と、大垣藩の番頭から聞いた一件の経緯を、そのまま全部話して聞かせた。

「いや、そうしたお子たちでございましたか……」

聞き終えて、笙太郎は満足したようだった。

「ですが、まことに野良犬だったのでございましょうか？　自分の犬ならいざ知らず、もし自分らに関わりのない野良犬をさように追いかけてきたというのであれば、それこそ、まるで犬追いの門番という風で……」

「………！」

と、斗三郎が瞬間、顔つきを変えたのを、十左衛門は見逃さなかった。

「どうしたな、斗三郎」

「いや……。今の笙どのの話の通り、『もしやしたら……』と、そんな風にも思えてまいりまして……」

「そんな風？」

「はい」

　義兄にうなずいて見せると、斗三郎は笙太郎やその後ろに控えている路之介のほうへと、改めて向き直った。

「いかがでござろう？　あの二人、何ぞ身元に関わることなど口にしてはおりませんでしたかな？」

「『身元』といわれましても、特には……」

　と、笙太郎が首をひねり出したその横で、だが路之介のほうが「あ……」と何やら思い出したようだった。

「あの、あまり『身元』とは直には繋がらないのやもしれませぬが、あの兄者の米次どのがほうは、殿が目付方の『ご筆頭』であることを知っていらしたようにてございました」

「ああ……。いやたしかに、そなたの言う通りだ」

笙太郎も、横で大きくうなずき出した。

「あの子らが着いたばかりの時に叔父上が、『ここは目付役の屋敷だ』とおっしゃっただけにてございましたのに、ずいぶん後の、日暮れ時分でございましたか、何かの流れで父上と私の話になりました際に、『でも凄うございますね。笙太郎さまのお父上さまは、御目付さまのなかでも一番えらい御目付さまなのでございましょう？』と、そう言われました」

「ほう……。『一番えらい御目付さま』と、あの子がそう言ったのでござるか」

話に喰いついてきた斗三郎に、

「はい」

と神妙な顔でうなずくと、笙太郎は先を加えて、こう言った。

「やはり『妹尾十左衛門さまのお屋敷』と名を聞いて、目付方の筆頭だと判ったのでございましょうか？」

「さようでござろうな。つまりは、おそらく御目付役すべての方の姓や名を、空で覚えているということでござろうよ」

「……おい、斗三郎。どういうことだ？」

横手から怪訝な顔を突き出してきた義兄に、斗三郎は、ようやく自分のなかでまとまってきた推論を披露し始めた。

「いや義兄上、もしやしてあの子らは『下座見(げざみ)』の子なのではございませんかと」

「おう、なるほど、『下座見』か！」

「げざみ？」

意味が判らず、目で訊ねてきた笙太郎や路之介に、斗三郎が説明をし始めた。

「江戸城の諸門のなかでも大手門がような大きな門は、諸大名家やご大身の旗本家もお通りになられるゆえ、門番を任されている当番家のご家中たちは、その折々に通られた方のご身分に合わせて、それ相応のご挨拶をせねばならんのでござるが……」

将軍家の御身内ならば「白洲や地べたに平伏する」とか、姻戚などの御身内や老中などの重職者ならば「板敷きの台上で平伏する」などと、ご挨拶の仕方はきっちりと定められているため、

「今どなたが大手門(こちら)に入ろうとして、橋を渡ってきているのか」

を、瞬時に正確に見極める必要があった。

その見極めを担当しているのが、「下座見」と呼ばれる特別な中間たちである。

中間は武家に奉公はしていても町人で、侍(さむらい)身分の家臣ではないから、普通であれば、あまり難しくはない誰にでもできるような仕事に就けられている。

だがそのなかにあって、唯一「下座見」の中間だけは、下馬所から橋を渡って大手門へと向かってくる大身武家の供揃えを、いち早く観察し、

「あちらは『御三卿』の田安さまにてございます」

とか、

「あちらは『大坂城代』をお務めの松平和泉守さまでございます」

などと見極めて、それを桝形内の番所に伝え、皆でいっせいに適切なご挨拶ができるよう準備しなければならなかった。

見分けの方法は幾つかあるが、まずは『家紋』である。大名や旗本などの大身武家は、登城の際に、必ず着替えや日用品を入れた挟箱を担がせた家臣を連れてくるため、その『挟箱持』の中間を見つけて、挟箱の側面に描かれた家紋を見れば、

「あのご家紋は、○○家か、○○家か、○○家のうちのどれかであろう」

などと、ある程度までは絞り込める。

同様に、大名や幕府の重職に就いている旗本には、登城に『駕籠』が許されているため、その駕籠の等級の良し悪しと、駕籠を担ぐ『陸尺』中間の服装や人数を見れば、やはり身分や役職の絞り込みができる。

御三家や御三卿の陸尺たちは、黒絹の羽織を着て、脇差も身に着けているが、それ

以下の武家には陸尺の脇差は許されてはいないし、人数についても、たとえば老中なら十名もの陸尺を使って、長い柄(え)の立派な駕籠を担がせることができるが、大目付や寺社奉行なら六名まで、町奉行は四名までなどと、幕府からの細かな規定があるからだった。

　そうした駕籠や陸尺、挟箱の家紋に加えて、見極めの鍵(かぎ)となるのが、武家の行列では先頭の中間たちに持たせる『毛槍(けやり)』や『長刀(なぎなた)』『立傘(たてがさ)』の、鞘(さや)や覆いの色や形の違いである。

　毛槍というのは、槍の鞘に鳥や動物の毛を飾り付けた儀式用の槍で、大名家の行列などでは、この毛槍を派手に振ったり、まわしたりして、威風堂々と練り歩くのが通例となっている。

　この毛槍の飾り付けは、武家が代々先祖から引き継いでいるもので、同様に長刀の刃先に被(かぶ)せる革製の覆いや、「立傘」と呼ばれる長い柄のついた大傘の先に被せる天鵞絨(ビロード)や羅紗(らしゃ)製の袋も、武家はそれぞれ自家独特の形状にしているため、

「あの長黒羽の毛槍は、○○家」

「長刀の覆いが三日月の形をしているから、○○さまだ」

などと、見極めには大いに助けとなっていたのである。

とはいえ、なにせ大名家だけでも二百数十家はあり、加えて古参大身の旗本家や、高官幕臣家の見分けもせねばならない。それを瞬時に見極める技能を持っている優れた『下座見』の中間は、大垣藩のように門番を任じられた武家たちの間で、大いに重宝されているのだ。

「そうした具合ゆえ、やはり下座見は『中間の頭(かしら)』を務めることが多いようにてござってな。必定、下座見ら当人たちも、中間ではありながら『子々孫々、主家に雇うてもらえるように……』と、我が子には幼い頃より見分けの術を仕込むらしい」

「なれば叔父上、米次どのや三吉どのも、そうして日々、下座見の修業をばなさっておいでゆえ、父上がことも『妹尾』と一言聞いただけで『目付方の筆頭』と……？」

「そうであろうな」

と、横手から合いの手を入れてきたのは、十左衛門であった。

「何でも先祖代々の下座見の家系(いえ)には、『下座見かるた』と申す特別なかるたが引き継がれておるそうでな。幼き頃より、繰り返しそれで遊んで覚えるそうだ」

「『かるた』にございますか？」

目を丸くしてきた笙太郎に、

「さよう……」

十左衛門はうなずいて見せた。

「まず札の表には、たとえば『松平周防守さま』といったように、大名家ご当主の名乗りとご家紋とが描かれてあってな。裏を返すと、その御家の毛槍や長刀、立傘の覆いがどんな形であるものか、色絵にて判りやすう描かれておるのだ。以前に一度、見せてもろうたことがあったが、それはもう細緻に描かれた代物であったぞ」

そのかるたの裏面の毛槍や長刀、立傘の絵札を並べておいて、出題する読み手側が大名の名を読み上げ、それに合う絵札を取る、というものである。

江戸城に参上してくる武家は、むろん大名だけではないのだが、まずは大名家からして二百数十家もあるものだから、そのかるたで大名家を暗記した後、順次、大身の旗本家や役付きの幕臣たちも覚えるようにしているそうだった。

「なるほど……。幼い頃よりさようにして修業して、武家の見分けを習得するのでございますね……」

笙太郎が心底から感心して、そう言った時である。

これまでずっと皆の後ろで控えていた若党の路之介が、

「あの……、ちとよろしゅうございましょうか」

と、十左衛門のほうに向かって、遠慮がちに口を挟んできた。

「ん？　どうしたな？」

「その『かるた』にございますが、もしやして、木札でできておりましょうか？」

「おう、さよう、儂が見たのも木の板でできたものであったが、ではそなた、以前より『下座見かるた』を知っておったか？」

「いえ、そうではございませんで、実は今日、三吉どのが懐から『槍の絵』のついた妙な木札を落とされたのを見かけて、拾うて差し上げたものでございますから……」

「なに？」

　と、思わず目を剝いた十左衛門に、横手から斗三郎が声をかけてきた。

「義兄上、ではやはり『下座見の子ら』で、間違いはございますまい。日頃から下座見の修業をしておりますならば、ああして『江戸城に犬など入れては駄目だ』という事実も重々存じておりましょうし、それゆえに野良犬が城内に入るのを見かけて、夢中で止めようとしたのではございませんかと」

「うむ。さようさな……」

　十左衛門はうなずいて、改めて斗三郎と目と目を合わせていたが、この勘の良い義兄弟は、すでに互いが「この先の事態」について、あれやこれやと考え始めているのに気がついていた。

　もし今の予想の通り、米次と三吉が下座見の子供であったとしたら、その父親が、一体どこの藩の抱えの下座見であるかということが、まずは最初の難題である。

　父親が大手門勤めの下座見で、大垣藩が雇っている中間ならば「まだしも……」というところだが、これがもし大手門とは別の『内桜田門』や『西ノ丸大手門』に勤務する下座見であったとしたら、かなり面倒なことになる。

　たとえば今、内桜田門の門番を担っているのは、出羽国庄内藩・石高十四万石の「酒井さま」であるし、西ノ丸大手門のほうの当番家ならば、豊前国中津藩・石高十万石の「奥平さま」である。

　そうした他藩が抱える下座見の子が、大垣藩が担当の大手門で「騒動の一端を担った」となれば、その藩と大垣藩との間で、こたびの責任をめぐっての揉め事となる可能性が高い。そうなれば、いよいよもって『御用部屋（老中方と若年寄方の執務室）』の上つ方が、あれこれと口を挟んでこられるであろうことが目に見えていた。

　実はこの大手門や内桜田門のような、大名家が門番を務める大きな門については、他でもない『老中方』が、すべてを所管しているのである。

　門番の日常の業務について監察・指導を行っているのは目付方で、実際に老中方が動くのは門の修理や改築といった普請工事が行われる際がほとんどであったが、今回のように大名家の絡む有事となれば、これは必ず上つ方のお出ましとなる。

　その「お出まし」がいかなる形になるものかが、今、妹尾家で預かっている米次と三吉の出自にかかっているという訳だった。

「笙太郎」

　十左衛門が声をかけると、

「はい」

　と、笙太郎も緊張した顔を向けてきた。

「よいか。路之介もだ。聞いてくれ」

「ははっ」

　いっぱしの家臣らしく、路之介も低頭して控えてくる。

　そんな二人に、十左衛門は改めてこう言った。

「その子らが、まこと下座見の子なのであれば、『どこの藩お抱えの何』という下座見が父親であるのか、是非にも知っておかねばならぬ。頼めるか？」

「はい」

　と、二人は気を揃えて返事をしてきたが、その後で、ついと笙太郎が十左衛門へ身を乗り出してきた。

「あの、父上……」

「何だ？」

「米次どのらが下座見の子であったとして、その先はどうなりましょうか？」

「………」

やはり来たかと、十左衛門は内心で苦笑いになっていた。

ただの甥から養子（わがこ）になって一年あまり、近頃ではこの笙太郎のこだわる性向といったようなものが、少しずつだが、判るようになってきたらしい。

今もおそらく笙太郎が気にして案じているのは、自分が預かって世話をしている米次ら二人の「進退（しんたい）」とでもいうようなもので、笙太郎はいつもそうして自分の周囲に見える人物（もの）らを、とにかく守ろうとするのだ。

そうした笙太郎の思考や姿勢は、養父（おや）である十左衛門にとっては、喜ばしいものであり、またさらに笙太郎が、いつ何時もこうしていっこう臆さずに、自分の意見をはっきり言ってくるという事実（こと）も、目付を務める十左衛門としては何より嬉しいことだった。

ただの伯父（おじ）であった以前に比べると、我ながら自分は何かにつけて笙太郎にかなり厳しく接しているに違いない。おまけにこちらは目付ゆえ、下手をすれば「畏怖の対象」にもなりかねないであろうところを、笙太郎は少しぐらい叱られても、めげずにこちらに主張してくる。

むろんまだまだ「若気の至り」というもので、子供っ気の抜けきれない一方向からの主張ばかりなのだが、その多くが他者を思いやっての意見であることが、笙太郎の良いところであろうと思われた。

そんなことを、ふと気がつけば、ちと長々考えていたらしい自分に、またも内心で苦笑いしながら、十左衛門はそれでも顔を引き締めて、笙太郎に答えて言った。

「この先がどうなるかということとなれば、それは実際、その子らが『何をどう、いたしたのか』によろうな」

「ではつまり、犬がどうして江戸城のほうに駆け込んだのか、そのことに米次どのらが、どのように関わっておられるか、ということにございますね？」

「さよう。縦し犬をけしかけたのがその子らであるならば、それは当然、相応に罰せられることにもなろうが……」

現に、おそらく大垣藩なんぞは、「子らが犬をけしかけながら、城内に駆け込んできた」とでも言いたげな様子であったのだ。

未だ顔も知らない子らであるが、斗三郎や笙太郎の影響もあってか、何だかまるで手負いの者でも匿っているような心持ちである。

大名家の絡んだこの一件が複雑な代物にならない訳はなく、十左衛門はこの先の展開を思って、顔をしかめるのだった。

六

翌日の昼下がりのことである。

目付部屋にいた十左衛門のもとへと正式に、目付方の支配筋（上司）である『若年寄方』から呼び出しの書状が届いた。

呼び出してきたのは、若年寄方のなかでは首座にあたる「水野壱岐守忠見」である。

今の若年寄方には四人の若年寄がいて、水野壱岐守が一番の古株ゆえ首座となってはいるのだが、年齢はまだ四十であり、次席の若年寄である五十六歳の「酒井石見守」や、三席で五十九歳の「加納遠江守」らと比べると、ずいぶんと歳下であった。

そんな複雑な事情もあって、水野壱岐守は、いつ誰に対しても常に「弱みを見せまい」とするような険しさや硬さがあり、それはもちろん目付筆頭である十左衛門にも、はっきりと向けられていた。

それというのも十左衛門は、もうすでに十年以上も前から目付方で筆頭を務めているため、古参の老中たちには何かと頼りにされているのである。これまでも老中方では、老中の補佐役を務めている水野ら若年寄たちよりも、直属の老中方の配下ではない目付たちの意見のほうを重く見て、そちらを採択することもあったほどで、それゆえ水野は目付筆頭である十左衛門に対して、半ば嫉(そね)みにも似た感情を抱いているのだ。

そんな「壱岐守さま」からのお呼び出しなのだから、むろん心安いものであるはずはない。

書面にて「ここに参れ」と命じられた場所は、御用部屋にもほど近い『羽目之間(はめのま)』と呼ばれる大座敷であったが、定められた刻限に参上して半刻（約一時間）あまり、十左衛門はだだっ広い座敷でぽつねんと、一人待たされ続けていた。

はたして、ようやくお出ましになられた「壱岐守さま」に対し、十左衛門が平伏すると、部屋の上座(かみざ)に着いた水野壱岐守は、開口一番こう言った。

「話の筋は他でもない、くだんの大手門での一件だ」

「ははっ」

平伏は崩さぬほうがよいようである。十左衛門がそのままの格好で待っていると、案の定、次ははっきり訊問の形になった。

「徒目付が捕らえたという子らのことだが、今もまだおぬしが屋敷に留めおいておるのか？」

「はい。万が一にも逃げられることのなきよう、常に見張りはつけてございますゆえ、どうかご安心のほどを」

「………」

「………」

平伏のままでいるため壱岐守の顔を見ることはできないが、何の返事もしてこない今のこの沈黙の具合から察すれば、おそらく「壱岐守さま」は不機嫌な表情をなさっているに違いなかった。

すでに昨日、あの一件が起こった直後に、老中方に向けては目付方からも第一報が入れてあり、くだんの子らを十左衛門が自宅屋敷で預かっていることについても記してはおいたため、若年寄の壱岐守の耳にも入ったということなのだろう。

だが大手門番の支配の筋は、あくまでも老中方であり、その下で十左衛門ら目付方が直属の形で、日々の門番の勤怠についてを監察・指導しているのだから、こたびのる。

一件で若年寄方が出張ってくるというのは、正直なところ「筋違い」というものである。

ただそもそも若年寄方は、老中方が管理する大名身分の武家以下の、旗本と御家人全般を管理監督しているため、役高千石の十左衛門ら目付方も、形の上では若年寄方の傘下に入っているのだ。

その後者の理屈を振りかざす形で、こうして十左衛門を呼び出したということなのであろうが、これが老中方からの正式な依頼、つまりは老中の代理として若年寄が来たものなのか否か、そのあたりも、やはり気になるところではある。

だがどうやらこの首座の若年寄は、こうして自分が出張っていることの正当性を、微塵も疑ってはいないようだった。

「そも、おぬし、一体どうした了見で、己が屋敷に連れ帰ったのだ？　大垣藩よりの報告によれば、その子らは町人体であったそうではないか」

町人体というのは、着ているものや髪の形が、武家身分の者ではなく町人のものであるということで、たぶん大垣藩のほうからも老中方へは一報が入れてあり、その報告書のなかに、「見るからに町人の子らだというのに、『町方（町奉行方）』ではなく、支配違いの『目付方』が連れていってしまった」とでも書かれていたのかもしれなかった。

「仰せの通り、たしかに『町人の子』という風の姿形にはございましたが……」

とはいえ十左衛門ら目付側にも、自宅屋敷に連れていくにはそれ相応の十分な理由があったのである。

「実は昨日のご報告には、『頑として己が身分を明かそうとせず、身分不詳にてございますゆえ』と、さように申し上げただけにてございますのですが、その子らは身なりこそ町人体ではありますものの、『城内に犬を入れてはならない』という、いわば武家のみが知りますような江戸城の規則を存じておりまして……」

「では、ただの町人の子ではないと申すか？」

「はい。当人たちが申しますには、『御門内に犬が入りそうになったゆえ、何としても止めねばと思い、追いかけた』と、さように……」

「…………」

と、壱岐守は考えるような顔つきになった。

「……いつのことだ？」

「は……？」

ぼそりと言ってきた壱岐守の声が聞き取れずに、思わず十左衛門が顔を上げると、その顔つきにむかっ腹が立ったか、水野壱岐守はいよいよもって声を荒らげてきた。

「『子らがさように申したのは、いつのことだ?』と訊いたのだ」

「ははっ」

再び平伏の形を取ると、十左衛門は申し上げた。

「一件が起こった直後にござりまする。子らを捕まえましたのは、我が配下の徒目付組頭、橘斗三郎にてございましたが、その際に、すでに子らが申しますには、『お城に犬が入ってしまったから、止めないと!』と、さように慌てておりましたそうで」

「なれば、なぜ、さように報告をせぬ? 昨日その場で直ちに報告をいたしておれば、大垣藩とて要らぬ勘違いなどせずとも済んだであろうに」

「大垣藩、でございますか?」

聞き捨てにはできない一節を耳にして、今度はさすがに十左衛門も、はっきりと顔を上げた。

「大垣藩のご家中の皆さまにございましたら、むろんご存じのことにてございます。そも直後、大手門の大番所にて、子らの訊問をなさいましたのは、ご当家の皆さまにございまして、先に申し上げました徒目付組頭の橘が『目付方の監察』として、それに立ち会いましたので」

「…………」

　と、一瞬、黙り込んで、壱岐守は何ぞか考え始めたようだった。

「なれば、その訊問の際にも、子らはそう申したということか？」

「はい。己が出自につきましては頑として答えずにいたそうにてございますが、野良犬を止めようとして追いかけた次第につきましては、大番所にてすべて何でも訊かれるままに、答えておりましたそうで」

「さようか……」

　そう言った壱岐守の声は、ここで初めて棘のない、ごく普通のものになった。

「ではそなた、『幕臣の子なのではないか』と考えておるということか？」

「はい。橘より報告を受けた際には、『何ぞか訳ありの幕臣の子なのではないか？』と思い、預かりを決めたのでございますが……」

　と、十左衛門も、普段通りの屈託や衒いの無さで、話し始めた。

　もとより十左衛門には、この「水野壱岐守さま」に対しても、取り立てての反抗心などないのである。昨日、斗三郎と二人であれこれと案じていたようなことも含めて、今の時点で考え得るかぎりのことを、隠すことなく「壱岐守さま」にすべて報告することにした。

「下座見の子か……」

聞き終えて壱岐守が発した第一声も、これである。

「はい。ただおそらくは大垣藩が雇いの下座見ではなく、どこぞ他藩の雇うております下座見の子なのではございませんかと……。縦し父親が大垣藩の下座見であれば、もうとうに名乗り出て、藩内で騒ぎになっておりましょうし」

「うむ……。いやしかし他藩の下座見となれば、これはまた厄介だな」

「はい、まこと、さようで……」

十左衛門はうなずくと、その先も包み隠さず、今、自宅屋敷でどのようにその子らを預かっているかについても報告した。米次らと歳の近い笙太郎や路之介が世話役となり、そばであれこれ親しく話をするなかで、何とか子らの身元についても訊き出そうとしていることだった。

「むろん万が一にも逃げられることのなきよう、ほかの若党らに命じて、常に見張りはつけてございますので」

「うむ。なれば、これより先も何ぞか判ったら、即、報せてくれ」

「ははっ」

改めて平伏して、十左衛門は羽目之間を辞した。

目付部屋で呼び出しの書状をもらったばかりの時には、まさかこれほど穏やかな状態で「壱岐守さま」との会談を済ませることができるとは、正直思っていなかったため、ちと一種、肩透かしを喰らったような心持ちになっていた。

だがこの先も今日のような調子で会話をすることができるのであれば、若年寄方とも、もっと密な繋がりを持てるようになるかもしれない。

むろん、二年前の秋にご逝去なさった「小出信濃守さま」が首座の若年寄であられた頃のように、目付方の上役として心底から若年寄方を慕って、何でも細かく相談ができるようになるとは思えなかったが、それでも今日の会談程度にでも普通に穏やかに話ができるようになれば、目付方を背負う十左衛門としては、ずいぶんと楽になる。

そんなことをつらつらと考えながら、十左衛門は目付部屋に戻るべく、城の廊下を歩いていくのだった。

七

その晩、一日の勤めを終えた十左衛門が駿河台の自邸に帰ってくると、

「お帰りなさいませ」

と、いつも玄関の式台に控えて出迎えをしてくれる笙太郎や路之介の後ろに、くだんの米次と三吉らしき子供二人が並んで座していた。

「お疲れのところ、さっそくで申し訳ございませんが、実は米次どのより折り入って、父上にお話が、と……」

「さようか。なれば奥にてお伺いいたそう」

わざとさり気ない調子で答えたが、どうやら笙太郎と路之介の二人が、うまく説得してくれたようである。

はたして奥の座敷で向かい合って座すと、笙太郎の横に並んだ米次と三吉は、十左衛門(こちら)に臆しているらしく、うつむいて、びくびくしているのが見て取れた。

「実際にこうして会うのは、初めてにござるな。儂が、この笙太郎が父親の『妹尾十左衛門』だ」

できるかぎりに口調を和(やわ)らげて名乗りをすると、それが少しは功を奏したか、米次は目こそ合わせてはこなかったが、小さい声で言ってきた。

「私は、芝(しば)の大久保(おおくぼ)さまのお屋敷にご奉公しております『下座見頭(がしら)』孝助(こうすけ)の長男で、米次と申します。こっちは弟の三吉で……」

「おう、なかなかに立派な名乗りではないか。さすが下座見頭の家の子にござるな。そうした挨拶は、やはり父御(ててご)に習うたか？」

　十左衛門が、まんざらお世辞(せじ)や煽(おだ)てでもなく本気で感心してそう言うと、米次は子供らしく、素直に嬉しそうに顔を上げてきた。

「はい。お武家さまのご家紋やお道具の見分けと一緒に、小さい時から繰り返し教わりました」

「さようか」

　米次の言った「お道具」というのは、毛槍や長刀、立傘などのことであろう。まだ十二、三と見える子供が「小さい頃から」と言うのだから、満足に物心もつかないうちから叩き込まれるのかもしれない。そうした口の利き方や、武家行列の見分け方とともに、たぶん「門から城内(なか)に入れてはいけないもの」が何なのかも、教えられたに違いなかった。

「そうしたものを学ぶのは、やはり難儀(なんぎ)であったろうが、『ご城内に犬を入れてはならない』ということも、同様に教えられておったのか？」

「はい。猫はもともとが怖がりだから、お堀の橋を渡って門内(なか)に来ることはめったにないけど、犬や馬は、橋も平気で渡ってしまう。それでも馬なら門のところで縄を張れば、たいていは止まるけど、犬は下をくぐってしまうから、もし野良犬が橋を渡ってきそうになったら、それより前の下馬所にいるうちに餌で釣って止めないと駄目だと、そう教えてもらいました」

「ほう……。ではそれで『犬を何とかして止めねば！』と、追いかけたという訳だな」

「はい。けど、あの時は三吉も私も、食べものなんか何にも持っていなかったので、下馬所にいるうちに止められなくて……」

それで仕方なく、とにかく何とか犬たちを落ち着かせて、門から外に出さなければならないと、慌てて追いかけていったという。

「なるほどの……」

米次の話を穏やかに聞いてやっていた十左衛門であったが、やはり江戸城諸門の門番の業務を監察・指導する目付方としては、どうしてもこの子ら二人に言っておかねばならないことがある。

「したがな、米次どの」

と、改めて米次の顔を真正面に見つめると、十左衛門は言い聞かせるようにして、こう言った。

「城内に無断で入ってはならぬのは、何も犬猫や馬だけではないであろう？　たぶんそなたも存じておろうが、城内に入ることができるのは、鑑札を持った者だけだ。よしんば犬を捕まえるためだとて、そなたらが入ってはならん」

「はい……。申し訳ございません」

そう言って米次は畳に手をつくと、自分の横にいる三吉にも目で促して、一緒に頭を下げてきた。

「本当に、つい夢中で追いかけてお城に入ってしまったのでございますが、後になって、とんでもないことをしてしまったと、怖くなってしまいまして……」

「それゆえ父御に迷惑をかけるのではないかと、素性を言わずにおったのだな？」

「はい……」

と、米次はうつむいて、その先をこう続けてきた。

「ですが今日、笙太郎さまにも同じように見抜かれて、叱られてしまいました」

「ほう……。叱られた、か？」

「あ、いえ父上、別に『叱った』などというほどのものでは……」

風向きが急に変わって笙太郎が慌てていると、それに横手から助け舟を出して、若党の路之介が初めて口を利いてきた。

「筆太郎さまは、米次どのらの親御さまのことをご心配なすったのでございます。このままずっと米次どのや三吉どのが、何の音沙汰もなくお家に帰らずにいらっしゃったら、どんなにか親御さま方がご案じなさるだろう。勝手にお城に入ってしまったのだから、まだ家に帰す訳にはいかないが、こちらから使いを出して『無事』をお伝えすることはできるから、と……」

路之介が言い終えると、筆太郎が物を言うより先に、

「はい……」

と、米次が口を開いてきた。

「自分たちさえ我慢をすれば、また父が下座見に戻ることができるからと、そればかりを考えておりました。でもやっぱり筆太郎さまのおっしゃる通り、私が間違っておりましたので……」

「ん？　ちと待たれよ」

と、十左衛門は引っかかりを感じて、米次の話を引き止めた。

「では、なにか？　今は父御は『小田原藩』の下座見をお務めではござらぬのか？」

相模国にある小田原藩は、今は石高十一万三千石で「大久保家」が治めていて、それがさっき米次の言った「芝にお屋敷のある大久保さま」なのである。

米次らの父親が小田原藩の下座見頭だというから、それでは十左衛門が心配していた通りの展開で、お当番家の大垣藩と揉め事が起こるかもしれないと思っていたのだが、今は奉公していないというなら話は別で、少しは一件の収拾が簡単になるかもしれない。

だが、そう思った矢先の米次の答えは、いささかがっかりさせるものだった。

「いえ、うちは祖父の代から下座見頭を務めておりましたので、今でも大久保さまのお抱えとして雇っていただいておりまして……。ただ今は父が身体を壊しているので、下座見頭は別の方がなさってて……」

病が治った暁には無事にまた下座見頭に戻れるようにと、米次ら一家は皆で揃って、父親の下座見頭復帰を願っていたため、子供の自分たちがこんなことを仕出かしてしまったことを、今更ながらに後悔しているそうだった。

「さようであったか……」

「はい。本当に申し訳ございません」

「おいらも、申し訳ございません！」

そう言って三吉までが声に出して、兄と一緒に平伏している。

その子供二人の背中を見つめながら、十左衛門は再び事態の複雑さを思って、沈黙するのだった。

八

数日経った昼下がり、十左衛門は本丸御殿にある目付方の下部屋で、斗三郎からの報告を受けていた。

「なにっ？　大垣藩のご当主が、『右近将監さま』のご子息だと？」

十左衛門が口にした「右近将監さま」というのは、首座の老中「松平右近将監武元」のことである。

「はい……」

と、斗三郎も神妙な顔でうなずいて、報告の先を続けた。

「大垣藩のご当主『戸田釆女正氏教さま』は、右近将監さまの五男でいらっしゃいまして、戸田家のご先代『氏英さま』の次女にあたるお方の婿養子に入られたそうにてございまして……」

去年の四月、その先代の氏英が、享年四十にして国許の美濃大垣で亡くなったため、当時はまだ十四歳だった右近将監の五男が次女の婿養子として大垣藩に入って、「釆女正氏教」として戸田家の家督を継いだそうだった。

「それゆえこたびの騒動に、老中方ではなく、若年寄方が出張ってきたということか」

「おそらくは、そうしたことかと……」

「………」

十左衛門はため息をついた。

米次ら二人の父親が大垣藩の下座見ではなく、「小田原藩がお気に入りで代々抱えているような下座見頭だった」というだけでも十分に頭が痛いというのに、「大垣藩の現藩主が老中首座の実子であった」となれば、御用部屋の上つ方はむろんのこと、大名家を統括している『大目付方』も、大騒ぎであれこれと口を出してくるに違いない。

そして何より空恐ろしいのは、ある種、こたびの一件の当事者ともいえる「ご老中の右近将監さま」がどう考えているものか、目付方（こちら）にはいっさい何も伝わってこないことであった。

「……して、斗三郎。犬に咬まれた、くだんの『河出亀八郎（かわできはちろう）』が様子は、どうであった？」

河出亀八郎というのが、犬に咬まれた幕臣の名前である。

すると訊かれた斗三郎は、パッと一気に明るい表情になって、言ってきた。

「ようやっと危うき時期は通り過ぎましたようで、医師溜でも、ずいぶんとほっとしているようにてございました」

「おう、そうか。して、賄方の者らは知っておるのか？」

「はい。河出は配下に広く慕われてございますゆえ、これまでも医師溜のほうに、日に幾度も誰かしらが容態を訊きに通っておりましたようで、今日初めて『危うい時期を過ぎた』と聞いて、皆で喜んでいるそうにてござりまする」

「さもあろう……。いやまこと、河出亀八郎が身体のことが何より一番の大事ゆえ、危うきを脱して、本当に良かったぞ」

「さようにございますな」

一時は高熱を出して、ひどい状態が続いていると聞かされていたから、本当にほっとしたが、すぐにも若年寄方の「水野壱岐守さま」に宛てて、ご報告の書状をお出ししなければならない。

だが水野壱岐守は、その「怪我人、回復」の報せを待ち構えていたかのように、十左衛門に『五手掛』の評定（裁判）に出るよう、要請してきたのだった。

五手掛というのは、『評定所（幕府の最高裁判所）』で行われる裁判の形態の一つである。

通常、評定所で行われる評議は開催日が決まっていて、老中が一名と、寺社・町・勘定の三奉行に、大目付一名と目付が一名で集まる『式日』と呼ばれる評議が二日、十一日、二十一日の月に三回、三奉行に目付一名のみで行われる『立合』という評議が四日、十三日、二十五日の月三回となっているのだが、こたびのように何ぞ有事があった際には、臨時の評議も開催されることになっていた。

その一つが、今回の「五手掛」と呼ばれるものである。

出席するのは三奉行が各一名ずつと、大目付が一名、目付が一名の計五名となるので「五手掛」というのだが、この五手掛が扱う議題は、国家的な有事や、今回のように大身武家の進退が問われるような事案に限られていた。

それゆえ五手掛の開催を決めるのは、通常は老中方で、「今回は寺社奉行が○○守、町奉行は○○で、勘定奉行は○○が出座するように……」という具合に、出席者五名全員を老中が名指しの上で、開催されることになっている。

だが、こたび「目付方からは、筆頭の妹尾十左衛門が出座せよ」と命じてきたのは、老中の誰かではなく、首座の若年寄である水野壱岐守で、これが一体どういう意味を持つものか、十左衛門にも、どうにも読めなかったのである。

　五手掛をいよいよ明日に控えた晩のこと、その評定の行方が案じられてならない斗三郎は、またも駿河台の義兄のもとへと押しかけていて、今、義兄弟は余人を入れず奥座敷で二人きり、江戸城のなかではできない会話を、大っぴらに繰り広げていた。

「どういうことでございましょう？　こたびの主催は老中方という訳ではなく、特別に若年寄方が諸方を集めて行う、ということにてございましょうか？」

「いや、そうではあるまい。もとより寺社・町・勘定の三奉行も、大目付方も『支配の筋（上司）』なら若年寄ではなく、老中方であるゆえな。若年寄の壱岐守さまが直に呼び出せるのなんぞは、儂ら目付までだろう」

「なれば、他の四人の方々のほうは、あくまでもご老中のどなたかがお呼びになったということで？」

「さようであろうの。それが実際、当の右近将監さまか、それとも他のご老中の方々なのかは判らんが、いずれにしても首座のご老中に対して、何らかの忖度が働いておるのは間違いあるまいて」

「…………」

　見れば斗三郎は、いかにも「気に入らない」という顔をして、黙り込んでいる。

そんな義弟に、

「おい、斗三郎」

と、十左衛門は声をかけた。

「そなた、あの米次らの進退を案じておるのか？」

「いや義兄上、こたびは『進退』などという生易しいものではございますまい」

めずらしく語調を荒らげてそう言うと、斗三郎は先を続けた。

「縦し上つ方の皆さまが、右近さまへの忖度で大垣藩を庇うて、犬が入ったその責任を、すべてあの子らに押し付けようとなさってておられるのであれば、下座見の子など、どうなるものか判ったものではございません。いくら『小田原藩の気に入りだ』と言ったとて、もとより下座見は中間でございますし、御用部屋の上つ方と揉めてまで、抱えの下座見を守るとは思えませせぬ」

「さようさな……」

と、十左衛門もうなずいた。

「したが、あの米次らが犬をけしかけた訳ではないことは、そなたの調査で、下馬所にいた男たちから証言も取れておるのだろう？」

実はあの一件の直後に、斗三郎は目付方配下の者らを、多数、下馬所に散らばらせて、その場にいた男たちから話を聞いてまわらせたのである。

その多数の証言を突き合わせてみたところ、犬がいつ頃から現れたのかについては明確には判らなかったものの、犬たちが暴れ始めた状況については、おおよそがつかめてきた。

どうやら犬は二匹ずつ別の群れになっていたらしく、最初は二匹しかいなかった野良犬が、どこかの武家の中間たちに餌を幾つか投げてもらっていたところに、どこからか別の二匹が駆け寄ってきて、投げられた餌の一つを横取りし、そのことが原因で犬たちの喧嘩が始まったらしい。

一方、肝心の米次ら二人がどこにいたかについても、多数の証言が取れていた。

そもそも江戸城の周辺は、諸地方から江戸を訪れた者たちにとっては、格好の観光名所となっている。

城の周辺に集まっている諸大名家の上屋敷群も、しごく立派で見ごたえがあるし、江戸城自体の広大で勇壮な城壁や堀や門、それを大人数で守る門番たちも見物とされていたのだが、観光の名所として人気があったのは「下馬所」も同様であったのだ。

武家の勇壮な供揃えを一度にたくさん見ることができるし、その供の侍や中間たちがあちこちに集まって雑談したり、弁当を喰ったり、下馬所近くに出ている屋台店から買い喰いをしたりしている様子も、傍から見れば、十二分に面白かったのである。

　そんな風に観光名所となっているから、下馬所を見渡せるような周辺の道端に米次たちのような子供が見物に来ていても、誰も少しも驚かない。あの時も、現に幾人もの男たちが、下馬所近くの道端に米次ら二人がたたずんでいたのを目撃しているのだが、それを不思議に思った者はただの一人もいなかったのである。

　そして最も肝心なのは、米次たちが犬を煽ったか否かということであったが、あの子らが下馬所のなかに駆け込んできたのは、犬たちが吠え合って喧嘩しながら橋のそばまで近寄ってきた後で、とうとう橋を渡って大手門にまで駆け込んでしまった野良犬たちを追いかけて、子らも後から駆け込んでいったというのだ。

「このことは、すでに壱岐守さまにもご報告をいたしてあるゆえ、それがどういう形で評定に乗るものかは判らぬが、いずれにしても出座するのは、この儂だ。縦し目付方の調査の内容が歪められて、子らだけに責任がかけられそうになったら、何としても儂が申し開きをいたすつもりだ。安心せい」

「はい……」

　と、斗三郎も神妙にうなずいた。この義兄がここまでの覚悟をして臨むのだから、明日の五手掛は義兄に任せて、自分はただ祈るよりほかないのである。

その義兄の杯に手を伸ばして酌をすると、斗三郎は自分も手酌で飲み始めるのだった。

九

幕府最高の訴訟裁決の機関である『評定所』は、江戸城の大手門前に広がる下馬所のすぐ近くにあった。

敷地は一六八一坪ほどの広さがあり、そのなかに評議を行うための座敷や、出座する者たちが休憩をとるための部屋などがあり、評議する案件によっては実際に原告や被告を呼び出して吟味を行う場合もあるため、『白洲』も設けられている。

今回の五手掛では、明確な原告や被告が存在する訳ではないため、評議に使用するのは『内座（うちざ）』と呼ばれる大座敷で、これは評定所内の奥まった場所にあった。

その内座に集まった「五手」、すなわちここに出座するよう名指しで呼び出されたのは、以下の五名である。

寺社方からは、寺社奉行になって五年目の「土岐美濃守（ときみののかみ） 定経（さだつね）」四十二歳。

町方からは、去年五月に勘定奉行から南町奉行に栄転した「牧野大隅守（まきのおおすみのかみ） 成賢（しげかた）」五十六歳。

勘定方からは、勘定奉行になって八年目の「安藤弾正小弼惟要（あんどうだんじょうのしょうひつこれとし）」五十五歳。

大目付方からは、大目付になって十一年目の古参「池田筑後守政倫（いけだちくごのかみまさとも）」五十三歳。

そうして目付方からは、今年で四十七歳になった目付筆頭の妹尾十左衛門久継である。

通常はこうして顔が揃ったところで、五役のなかでは一番にこうした評定（裁判）に場慣れしている町奉行が議長役となり、その議長の差配で、これから評議する案件の経緯にくわしい人物が他の四人に対して案件の説明を始める、というのが五手掛の評議の進め方であった。

だが今日はどうした訳か、普段なら絶対この場にいないはずの若年寄、水野壱岐守が立ち会っているのである。

もとより評定所は老中方の管轄であり、若年寄方が手を出すものではないのだが、今ここに水野壱岐守がいることに他の四人は驚いていないようだから、この異例を承知の上で出座しているのだろう。

現に最初に口を開いたのは、水野壱岐守であった。

「まずは一件のあらましを、目付の妹尾より語ってもらおう。十左衛門、よいな？」

「ははっ」

十左衛門は返事をして低頭したが、今、水野壱岐守に「十左衛門」と呼ばれた事実に内心ではかなり驚いていた。

水野壱岐守が十左衛門を下の名で呼んできたのは、初めてのことである。

首座の老中の「右近将監さま」や、次席老中の「右京大夫さま」ならば、たしかにこちらを「妹尾」などとはめったに呼ばず、「十左」とか「十左衛門」などと呼んでくれるのだが、それはお互いずいぶんと付き合いが長いからである。

十左衛門が水野壱岐守と直に会話をするようになったのは、前任の首座の若年寄であった「松平摂津守さま」が病で亡くなられた去年の十一月以降のことで、その摂津守とて十左衛門を「妹尾」と呼んでいたのである。

水野壱岐守がこうしてこちらを下の名で呼んでくることが、はたして親しみを込めてのことなのか否か、その深意が読めなかったが、十左衛門は命じられたままに今回の一件の概略を報告した。

「なれば妹尾どの、その下座見の子らと申すは『犬を城内に入れてはならない』という一心で、ついそうして自分らも入ってしまったという訳でござるな？」

「はい、さようで」

今、口火を切ってくれたのは、南町奉行の「牧野大隅守さま」であった。

下座見は中間で武家に奉公はしているものの、身分としては町人であるため、町方のお奉行である牧野大隅守は、町人を擁護する立場に立とうとしてくれているのかもしれない。

その有難い口利きの後支えをするために、十左衛門はこう言った。

「米次らの祖父や父親が『下座見』としてばかりではなく、配下をまとめて『頭』を相務めますにも優秀な人材で、小田原藩が米次の父親を手放すまいと、もう三ケ月も寝ついておりますその者に、給金を与えて抱えたままになさっておられますことも、すでに私どもの調査で裏付けは取ってございますので……」

「いや。ちと待たれよ、妹尾どの」

と、横手から鋭い声をかけてきたのは、大目付の池田筑後守である。

「なれば貴殿、大目付方に何ぞの報告もないままに、すでに小田原藩がほうにご事情を訊きにまいられたということか？」

池田筑後守が指摘してきたのは、「支配の筋（担当）」のことである。旗本や御家人ならば十左衛門ら目付方の支配に入るのだが、小田原藩のような大名家は大目付方が支配筋で、監察や指導や管理を行っているのだ。

その自分の支配筋に、目付方がズカズカと勝手に踏み込んできたことに、筑後守は怒りかけているのである。

「いえ筑後守さま、正規に正面から伺うた訳ではございません。我ら目付が旗本ら武家の調査をいたします際に、配下の者に渡り中間のふりをさせまして、町場の酒場で忌憚のない証言や噂話を集めることがあるのでございますが、こたびもその手法にて、小田原藩には気づかれぬよう調べてまいりましたので」

「さようか。なれば、まあよいのでござるが……」

「はい。説明が足りず、話が後先になりまして、申し訳ござりませぬ」

「うむ」

と、筑後守が引いてくれた時である。

今度は寺社奉行の土岐美濃守が横手から口を挟んできて、ずばりと面倒なところを突いてきた。

「しかして、その子らの父親が小田原藩お抱えの下座見となれば、大手門番家の大垣藩との間が、ちと面倒に相成るのではござらぬか？」

「いや美濃守さま、まこと、そこにてございましょう」

すかさず相槌を打ったのは、勘定奉行の安藤弾正小弼であった。

「しかして、やはり、そこは何ぶんにも『中間』のことにてございますゆえ、小田原藩とて、さしてご執着はなさいますまい。ましてや、その父親が三ヶ月も病というこ となれば、早々に雇用を断てば済むことでございましょうし」

「うむ。まあ、さようにござるな」

と、美濃守もすぐに納得したようで、安藤弾正小弼にうなずいて見せている。

この四十二歳の寺社奉行と五十五歳の勘定奉行とは、すでにもう五年は前から時折、こうして評定所にて顔を合わせている間柄で、おそらくは互いの気質も判っているため、少なからず馴れ合いの風になっているのであろう。

だがこの二人の会話の向きは、昨日、斗三郎とともに案じていた通りの、よろしからざる代物になっている。

この流れで、すべての責任を米次ら兄弟に押し付けられてはたまらないと、十左衛門が反論の筋立てを、急ぎ頭のなかでまとめている時だった。

「いや、それにいたしましても『犬に咬まれた賄方の下役』という者も、やはりいささか不用意というものでございましょうて」

「…………！」

とんでもない飛び火の仕様に驚いて、十左衛門は目を剝いた。

　今、横から口を挟んできたのは、町奉行の牧野大隅守である。まさか米次ら二人に加えて、咬まれたほうの河出亀八郎までが槍玉にあげられるとは思ってもみなかったが、これは責任の方向を町人である米次たちから、幕臣の河出のほうに向けようとしてのことなのであろうか。

　すると今度は、大目付の筑後守までが「ここぞ」とばかりに、派手に加勢して言ってきた。

「そこにござるよ。何もむざむざ己から手を出して、犬に咬まれることはあるまいて」

「さようにございますな。第一、野良の犬どもを前にしてしゃがんだりなどいたせば、のしかかられて襲われるのは、火を見るよりも明らかにございましょう。いっぱしの武士のいたすことではございますまい」

「いや大隅守さま、それではあまりに……！」

　十左衛門は、さすがに黙っていられなくなってきて、急ぎ二人の会話に乗り込んでいった。

「くだんの河出亀八郎にてございますが、これがなかなか上役からも配下からも信頼される好人物でありまして……」

　たとえば大勢の配下をまとめて仕事をするにも、自分自身が骨身を惜しまず率先して働きながら、明るく皆を励ますので、自然、配下の者たちも気を入れて働くようになるという。

「実際、七名おります賄方の組頭のなかでも、まずは河出が一番であろうと、上役の『賄頭』の者たちも口を揃えて申しますほどで……」

「したが妹尾どの、日頃のそれと、こたびのこととは、まるで別の話でござろうて」

「いえ決して、別のことではござりませぬ」

　十左衛門は大隅守を押し止めて、言い放った。

　役高千石のこちら『目付』と、役高三千石の『町奉行』とでは、たしかにまるで役職の格が違いはするが、それでもあちらの言うことに「非」があれば、目付としては正さなければならない。

　格下の『目付』から突然に強く出られて、大隅守は明らかにムッとした顔をしていたが、十左衛門は構わずに、その先を重ねて言った。

「面倒事も率先して引き受けて、幕府のため、周囲の者らのためと、身を粉にして働くような人物でございますゆえ、こたびも『犬をこれ以上、城の奥へ入れてはならない』と思い、率先して門番家のご家中らの助けに入ったものにてございましょうし、それはあの下座見の子らとて、同様にございますので」

気がつけば、他者はいっさい黙り込んでいて、「いい」も「悪い」も返答はしてこない。若年寄の水野壱岐守を含めて六名、そのうちの十左衛門が一番に官位も低く、役高も職格も低い訳だが、それでもやはり言わなければならないことは言わないではいられなかった。

「あの米次ら兄弟は、物見遊山で下馬所のまわりをうろついていた訳ではござりませぬ。あの日も下馬所で米次らは、実際の武家の行列の見定めをいたしておりまして、『あのご家紋は誰々さま』、『あちらの毛槍は誰々さま』と、懸命に下座見としての修練を積んでおりましたそうで……。代々の下座見の家の者として、三つ四つの幼き頃よりこうした『かるた』で学び続ける一方で、門番のお役目のあれやこれやを祖父や父から叩き込まれているからこそ、こたびもまた『城内に犬を入れてはならない！』と、子供ながらに思いつめて……」

言いながら十左衛門は、自分の懐から木片をひとひら出して、一同の見る前に置いた。

木片は、くだんの「下座見かるた」である。

「おう」

「いや、これは……」

お偉方が額を寄せて、下座見かるたを眺め始めた時だった。

「下座見の大名かるたであれば、儂は、以前から見知っておるぞ」

声とともに襖を開けて入ってきたのは、首座の老中・松平右近将監武元である。

「やっ、右近将監さま！」

一番に声が出たのは水野壱岐守であったから、こうしてここに右近将監が来ること
は知らされずにいたのであろう。驚いてそれより先は言葉が出ないらしい水野壱岐守
に向かって、老中首座は静かに声をかけた。

「壱岐、よいか？」

「ははっ」

水野壱岐守はもちろんのこと、十左衛門ら他の五人も平伏である。

その皆を一瞥すると、右近将監は壱岐守に向かって話し始めた。

「昨晩遅く我が屋敷に、倅・氏教よりの使いの者が参ってな。そこで初めてこたびが
一件を聞き知った次第だ」

「はっ」

「………」

「…………」

しばし互いに無言を貫いていた二人の間に、一体どういう思惑があったのか、十左衛門には知るべくもなかったが、やがて右近将監のほうが折れた形で、再び物を言い始めた。

「今朝方、『月番老中』の周防どのにも、登城の前に会うてきて、そこでこの五手掛を知ったのだが……」

右近将監が名を出した「周防どの」というのは、老中方では三席にあたる「松平周防守康福」のことである。

老中たちは皆で「今月は誰」と当番を決めて、老中方へと毎日幾つも持ち込まれてくるさまざまな報告や願書のたぐいに、まずはその月番の老中が目を通すことになっている。そうして自分一人で処理ができる案件については、わざわざ他の老中たちに負担をかけずに、そのままいわば「手限り」に処理してしまうのだ。

それゆえこたびの一件自体も、今日のこの五手掛のことも、月番の周防守が一人で処理していたのかもしれなかった。

「そなたにも、周防どのにも、要らぬ心痛をかけてすまなんだな」

「いえそんな、とんでもないことにてござりまする」

「…………」

平伏のまま顔を上げない水野壱岐守の背中を、心なしか右近将監は冷ややかに眺めているようである。

だが一転、つとその目を十左衛門のほうに移すと、

「おい、十左よ」

と、右近将監は表情を緩めて、こう言った。

「まことと、おぬしが申すよう、賄方のその『河出』も、『米次』とか申す下座見の子らも、犬を奥へと入れまいとして、精一杯にいたしたのであろうよ。ことに河出亀八郎には、毛ほどの非もあるものではない。河出が医師溜を出る頃合いを見計らい、氏教も『犬の捕獲を手伝うてもらった礼』をば伝えるそうだ」

「お有難うござりまする。河出も、どんなにか喜びましょう」

「うむ」

満足そうに右近将監はうなずいた。

こうして思いもよらぬ老中首座のお出ましによって、若年寄列席の異例な五手掛の評定は、何とも結末がうやむやなままに幕を閉じたのであった。

十

五手掛から数日が経った、ある昼下がりのことである。

十左衛門は斗三郎を目付方の下部屋に呼び出して、つい今しがた御用部屋から下りてきた書状を見せてやっていた。

「いや、なれば米次らは、『屹度叱り（きっとしか）り』で相済むのでございますね」

「さよう。明日さっそくに南町の奉行所で、『お叱り』を受ける手筈（てはず）になっておるゆえ、そなたに二人の引率を頼もうと思うてな」

「『引率』と申されますと……。では義兄上は、お出ましにはなられませんので？」

「うむ。お奉行の牧野大隅守さまが仰せでな、町方（あちら）のほうも『屹度叱り』は、大隅守さま直々ではなく古参の与力にさせるゆえ、目付方（こちら）側も目立たぬよう、くれぐれも儂は出ぬようにしてくれと、な……」

「なるほど、とにかく『大仰（おおぎょう）に騒ぐな』ということにてございますな」

「さようであろうの」

屹度叱りというのは、文字通り「罪を犯した者を叱りつける」だけの、しごく軽い処罰である。

　町奉行所に連れていかれて、砂利敷きの白洲に正座させられて、苦虫を噛み潰したような怖い顔の役人に叱られるのだから、米次や三吉にとっては、後々にまで記憶に残るような怖い体験となるのであろうが、これはうっかり大手門をくぐって城内に入ってしまったのだから、仕方がない。

　ただ明日その屹度叱りが済めば、米次ら二人は、晴れて自分の家に戻ることができるのだ。

「もうすでに家のほうには使いを走らせておいたゆえ、米次らの両親も、どんなにかほっといたしておるだろうて」

「まことに……」

　実際こたびの一件を受けて、小田原藩が米次たちの父親を雇い続けるか否かは判らなかったが、そこはやはり、子らが仕出かしてしまった事実もある訳だから、小田原藩の判断に任せるしかなかろうと思われた。

「それにいたしましても、先般のあの五手掛は、いかなる仕掛けになっていたのでございましょうか？」

「うむ。未だに、ようは判らんのだが……」

義弟に答えてそう言うと、十左衛門は、つと一段、声を落とした。

「たぶんあの一件が起こった直後に、目付方からと同様、大垣藩からも老中方に向けて一報が入っておったのであろうが、そうした外部からの一報は、すべて月番のご老中の手元へと入るゆえな。その今月の月番が、よりにもよって周防守さまであったのが、一件をより面倒な具合にいたしたのであろうよ」

もとより三席の老中・松平周防守康福は、「穏やかで、おとなしく、慎重」といえば聞こえはいいが、つまりは「臆病で、事なかれ主義」なのである。

今回も、門番業務をしくじって野良犬を門内へと入れてしまった大垣藩の藩主・戸田釆女正氏教が、なんと「右近将監さま」の実の息子であったため、なるだけ事件を大っぴらにせず軽く「月番の手限り」で済ませてしまおうとして、妙な具合になったのではないかと思われた。

「まあ、たしかに『犬が入った』というだけならば、犬さえ出せば、月番のご老中からのお叱りだけで、充分でございましょうからな」

斗三郎がそう言うと、

「そこよ」

と、十左衛門も身を乗り出した。

「おそらくは周防さまもそのあたりを狙われて、右近将監さまにすら一件のご報告をせずに、とにかく自分の手限りで済ませようとなさったのであろうが、なにせこたびは犬が人間(ひと)を咬んでおるゆえな。怪我の具合も存外にひどかったゆえ、思う通りにならなかったのであろうよ」

「では五手掛で、寺社のお奉行以下四人をお呼び出しになったのも、周防守さまということで？」

「まあ、そうであろうの……。ただそこを、なぜ目付の儂だけを若年寄の壱岐守さまに託されたのかが判らんが、月番手限りの案件で、五手掛の評定を開くというのが、そもそも異例であるからな」

「いやまことと、異例も少々度が過ぎるというものにてございますよ。まずはどうして『門番については管轄外(かんかつがい)』の若年寄方が、ああだこうだとお口を出されてくるものか、そこがもう、判らんというもので……」

「おい、斗三郎。ここはまだ城内だぞ。そうしたことは、屋敷(うち)で言え」

「はい……」

不承不承(ふしょうぶしょう)に返事をして、斗三郎はさっき義兄から見せられた「御用部屋からの書状」とやらに、改めて目を落としていた。

「河出亀八郎については『構いなし』、米次ら兄弟に対しては『町方よりの屹度叱り』で、まずは相応のご処分といったところにございましょうが、門番家・ご当主の戸田采女正さまに『五十日の逼塞』と申しますのは、やはりいささか重すぎるのではございませんかと……」

「さようさな」

逼塞というのは、閉じ込めの刑の一つである。五十日の間、屋敷の門戸を閉めきりにした上で、当主やその家族は屋内で謹慎し、いっさいの外出を禁じられるというもので、そうして謹慎することによって「己の過ちに向き合い、深く反省せよ」という意味合いを持っていた。

「むろん『怪我人が出た』ということもございましょうが、まずはこうした場合には、たいていが『お叱り』で済みましょうし、重くとも『十日程度の遠慮』あたりがせいぜいで」

「まあ、そうであろうが……」

戸田采女正氏教は、当年とって十五歳だそうである。その妻女は、先代藩主・氏英の次女だそうで、おそらくは婿養子の采女正とたいして歳は変わらないはずだから、その飯事のような夫婦が二人して、二ケ月近くもの長い間、屋敷にこもっていなければばならないのだから、いささか可哀相というものだった。

「異例の五手掛など催して、かえって諸役のお偉方に一件を広めてしもうたゆえ、右近さまも、よけいに厳しゅうなさっておられるのであろうが……。たぶん周防さまあたりは『下手を打った』と、気に病んでおられるに違いないて」

「まことにございますな」

　今、御用部屋のなかはどんなにか、ギクシャクとしていることだろう。だが、もし自分が「右近さま」の立場なら、自分とて間違いなく笙太郎に厳しく接するに違いなかった。

　そんなことを思って、十左衛門は、近頃とみに自分のなかでも甥から倅へと変わりつつある笙太郎に思いを馳せるのだった。

第二話　昇進

一

大手門の一件の処分が済んで、幾日か経った後のことである。

その朝、首座の若年寄である水野壱岐守忠見は、いつものように御用部屋へ出勤するべく、まずは自分専用の『下部屋』に入って身支度を整えていた。

本丸御殿に勤める役人用の裏口のそばには、「下部屋」と呼ばれる休憩室が設けられており、「この役方にはこの部屋、あの役方にはあの部屋」というように、役方ごとに小座敷が与えられていて、そこで着替えたり、休憩したりと、自由に使えることになっている。

とはいえ一つの役方に対しては一部屋だけというのが普通で、目付方などは特別に二部屋もらっているのだが、それは目付が十名もいるうえに、一年中たった一日も「丸々一日の休み」というものがなく、遠方に出張でもしていないかぎり基本一日に一回は城に出勤してくるからであった。

同様に年中無休の老中や若年寄たちにも、やはり特別な形で下部屋が与えられているのだが、彼らには、幕府最高位の高官であることも考慮して、一人に一部屋ずつの下部屋が与えられているのである。

その個室の下部屋で、今、水野壱岐守は、御用部屋に出勤するための身支度を整えながら、ひとり悶々と「目付の妹尾十左衛門」について考え続けていた。

やはりどうにも腹の立つ男である。

大手門にくだんの一件が起きて、大垣藩と目付方の双方から、御用部屋の老中方へと第一報が届いた時、それを受け取った月番の老中は三席の松平周防守康福であったのだが、その月番老中の補佐をして、周防守とともに第一報に目を通したのが水野壱岐守だったのだ。

そも御用部屋は、老中方が使う『上御用部屋』と、若年寄方の執務室である『次御用部屋』との二部屋に分かれていて、それぞれが二十畳近くもある大座敷なのだが、二つの部屋の間はごく狭い畳敷きの廊下で隔てられているだけなので、何かというと、すぐに若年寄たちは上役である老中たちに呼び出されて、補佐として「お手伝い」をしなければならなかった。

ことに月番の老中には、毎日、諸方からあれこれと願書や報告書のたぐいが届けられてきて、その対処が間に合わないほどの忙しさゆえ、補佐役に若年寄たちを使うのが日常になっている。

そんな訳で、あの大手門の一件でも、月番の周防守に頼まれて補佐についていたのだが、大垣藩からの第一報で「城内に駆け込んできた不審な町人の子供二人を、目付方が連れていってしまった」という報告を受けたため、「妹尾めが、またも勝手な振る舞いを……！」と水野壱岐守はカッとして、『羽目之間』に十左衛門を呼びつけたという次第であった。

だがそれが失敗の元だったのだと、水野壱岐守は、今しごく後悔していた。

大垣藩からの報告は、あくまでも月番老中に宛てたものだったのだから、すべて周防守に任せてしまえばよかったのに、

「妹尾が一体どういうつもりで子らを連れていったのか、私が問い質してまいりましょうか？」

などと、よけいな口を利いてしまったのである。

そのせいで、あの大手門の一件は、まるで水野壱岐守自身が担当する案件のごとくになってしまい、主軸となるべき周防守当人は、スーッと後方支援にまわってしまったのだ。

もとより周防守は、「四方八方、平穏無事が何より……」と考える人物で、日頃から穏やかでおとなしく、御用部屋での会議の際も自分から発言することはめったにないのだが、裏を返せば臆病で、日和見主義ということである。

五手掛に寺社・町・勘定の三奉行や大目付を呼び出した際にも、周防守は若年寄の水野壱岐守を「自分の代理」として表に立たせ、自身は評定所には向かわずに、御用部屋で他の仕事に精を出していたのだ。

だが大垣藩の藩主である戸田釆女正氏教が、実父の右近将監に直に報告を入れてしまったため、まるで周防守と壱岐守が二人で、右近将監に内緒でこそこそと勝手な処置をした形となって、事態はひどく妙な具合になってしまった。

あの日、評定所から城の御用部屋に戻ってきてからも、右近将監はいつになく明らかに不機嫌で、月番老中の周防守に向かって、

「ちと周防どの、よろしいか。この先『五手』を開く際には、必ずや事前にご報告をいただきたい」

と、気の小さい三席を震え上がらせるような一言を、吐いて捨てたのである。

その一方で右近将監は、五手掛が行われた評定所の座敷を出る際に、廊下で控えていた十左衛門に向かって、

「子らのこと、河出のこと、よろしゅう頼むぞ」

と、自分から声をかけていたのだ。

この老中首座の態度の違いに、水野壱岐守はいよいよもって「妹尾十左衛門」への嫉妬(しっと)を募らせた。

結局、何をどうやっても、あの妹尾(おとこ)のすることばかりが「良し」とされて、まるでその光の裏手に影(かげ)となってくすむかのように、若年寄のこちらは、ご老中方から改めて意識もされずに終わるのだ。

それはたぶん、首座の「右近将監さま」や次席の「右京大夫さま」が、目付どもがめったやたらに振りかざす正義だの公明正大だのという代物に、ついいつもお気持ちを奪われておしまいになるからであろう。

あの妹尾十左衛門は、恐ろしく口が達者である。

先日、羽目之間に呼び出して叱責してやろうと思った際にも、理路整然と話を詰めていく妹尾十左衛門にいつのまにやら言いくるめられた形になって、とうとうあの者

の言うなりに子らを預けたままにしてしまったのだ。

　あの伝(でん)で、ああだこうだと提言されてしまっては、老中方の古参二人が言いなりになってしまうのも、うなずける。

　おまけに元来、目付たちは「幕府下僚代表のご意見番」のようなところがあり、自分たちが外部(そと)からいっさい付け届けや礼金のたぐいを受け付けず、役高もわずかに千石だけで切り盛りしているのを鼻にかけて、言いたい放題なのだ。

「……ん？　ならいっそ、昇進させてしまったらどうだ？」

　ふっとそう思いついたとたん、自分でも気づかぬままに声が出て、その独り言に、水野壱岐守は我ながら驚いていた。

　これは実際、妙案である。あの妹尾のことだから、おそらくは昇進話を断って目付方に残ろうとするであろうが、そう簡単に断ることのできない昇進話を、今、思いついたのだ。

　勘定奉行への昇進話である。

　それというのも、先日、目付方から御用部屋に向けて、「勘定方の帳簿付(ちょうづ)けを簡略化して、事務費用の削減をはかるべき」との提言があったため、「それを実行に移すべく妹尾自身が勘定奉行となって、内部から改革せよ」との上(うえ)つ方(かた)よりのお命じがあれば、さすがの妹尾十左衛門も安易に断ることはできなかろう。

ご老中方々のご機嫌次第というところだが、もしできれば今日にでも、この妹尾十左衛門の昇進について提言してみようと、壱岐守はそう思った。

だがその前に一つだけ、どうしても確かめておかねばならないことがある。

水野壱岐守は襖を開けて廊下に出ると、土間を挟んだ向こう側に並んでいるご老中方々の下部屋のほうへと向かって、歩き出すのだった。

二

水野壱岐守が訪ねていったのは、老中方では末席にあたる『老中格』の田沼主殿頭意次の下部屋であった。

老中格とは「役職の格としては、老中とほぼ同格である」というような意味合いで、つまりは見習い老中のことなのである。

だが田沼主殿頭は、ただの老中格ではない。上様の側近たちの長官である『側用人』をも兼任しているため、上様が日頃どんな風にお過ごしになられていて、どういったお考えをお持ちでいらっしゃるのかについても、よく知っているはずなのだ。

その「田沼主殿頭さま」に是非にもお訊きしたいのは、妹尾十左衛門を目付の職から外すことについて、上様がどのように思われるか、という一点であった。

妹尾十左衛門を筆頭として動いている今の目付方のありようを、上様が「良し」として何かと信頼なさっているのは、御用部屋の老中や若年寄の誰もが知っていることである。

それゆえもし上様が、妹尾が目付部屋から離れて勘定奉行となることを快く思われなければ、推薦した自分の印象が一気に悪くなるに違いないと、水野壱岐守はそのことを一番に案じていたのだ。

「朝のお支度でお忙しきところにお邪魔をばいたしまして、まことにもって申し訳ござりませせぬ」

田沼主殿頭の下部屋を訪ねて丁重にご挨拶をすると、水野壱岐守は「妹尾十左衛門を勘定奉行に推薦せん」とする人事の案について話してみた。

「先般の勘定方の改革についての提言もございますし、すでにもう二十数年、目付を勤め上げた妹尾十左衛門をば勘定奉行に上げてやりますのも、まずは順当ではございませんかと」

「なるほど、ご案の向きは判ったが……」

田沼主殿頭はそう言うと、改めて水野壱岐守に真っ直ぐに向き直ってきた。

「したが、壱岐どの。貴殿、何ゆえさようなことを、わざわざ末席の拙者がところに言いに来られたのだ？」

「いや、それは……」

鋭くずばりと指摘されて、水野壱岐守は口ごもった。

実際、早い話が「上様のご意向はいかがなものでございましょうか？」と、探りを入れようとしているのである。

一方で切れ者の田沼主殿頭は、水野壱岐守が何を訊こうとしているのか、もうとうに判っていたが、何も言わない。

しばしの沈黙の後、水野壱岐守は意を決して口を開いた。

「妹尾十左衛門の昇進につきまして、是非にも上様のご意向なりとお伺いをいたしたく、こうして参上いたしました次第にございまして……」

「ご意向？」

「はい。上様におかれましては、以前より妹尾十左衛門を筆頭とする目付方の働きを、折につけお褒めくださりましたゆえ、妹尾が目付方を離れるようになりますことを、ご不快に思われるのではございませんかと」

水野壱岐守は懸命に言葉を選んで話していたが、そんな壱岐守を半ば見下ろすようにして、

「壱岐どの」

と、田沼主殿頭は、やけに冷ややかな声を出してきた。

「何ゆえ、さようなことをお気になされる？」

「いえ、その……」

とたん返答に詰まった水野壱岐守に、田沼主殿頭は淡々と諭すようにこう言った。

「たかが目付に、どうもこうもございますまい。今の貴殿のお説の通り、勘定方に妹尾を移して、それで経費の削減が少しでも進むというなら是非にも移すべきでござろうが、ただそれだけのことにてござるぞ」

「はい……」

と、壱岐守はあきらめて、改めて頭を下げた。

「まこと仰せの通りにござりまする。朝のお支度の途中に、つまらぬことで押しかけまして、まことにもって申し訳ござりませぬ」

こうして結句、訊きたいことは訊けぬまま、水野壱岐守はその日の御用部屋にて、「妹尾十左衛門の昇進話」をご老中方々に提言することとなったのだが、その反響は

田沼主殿頭の予想に反して、かなり大きなものだった。

「おう、なるほど『勘定奉行』か！　それは良い」

大賛成で飛びついてきたのは、次席老中の松平右京大夫輝高である。

今の老中方には、この右京大夫を含めた四人の老中と、老中格である田沼主殿頭との五人がいて、まずは上から首座の老中である松平右近将監武元が五十六歳、次席の松平右京大夫輝高が四十五歳、三席が今月の月番老中・松平周防守康福五十一歳で、四席が最近『側用人』から老中に上がってきた板倉佐渡守勝清六十四歳、それに加えて老中格が田沼主殿頭意次で、五十一歳である。

その五名の老中方を前にして、首座の若年寄である水野壱岐守が「妹尾十左衛門を勘定奉行に上げてはどうか」という提言をしたのだが、それに即座に喰いついてきたのが、次席の松平右京大夫という訳だった。

「そも『勘定方の帳簿付けを見直して、費用がかからぬように改革しろ』と偉そうに建白してきたのは、十左衛門らであるゆえな。どうせなら、あやつが奉行となって、内部から体制を立て直せばよいのだ」

もとよりこの右京大夫は、十左衛門の仕事の能力や人望の厚さを買っていて、以前から「奉行になって長崎に行け」だの、「作事奉行に上がれ」だのと、折につけ十左衛門に出世を勧めてきたのである。

だがそれをことごとく辞退して、頑なに目付部屋から出ずにいたのは、十左衛門当人であった。

「したが、こたびばかりはあの建白があるゆえな。十左衛門の奴めも、そう簡単には断れまいて」

すっかり上機嫌な次席老中の様子に、だが横で顔をしかめている人物がいた。四席の板倉佐渡守である。

「けだし、いきなり『目付』から『勘定奉行』と申しますのは、いかがなものでございましょう？　やはり一度は、どこぞの『遠国奉行』か『先手頭』あたりに上げましてから、改めて勘定奉行に移しましたほうが、他の者らの手前を考えましても、よろしいのではございませんかと……」

板倉佐渡守が名を出した「遠国奉行」というのは、『京都町奉行』や『大坂町奉行』、『長崎奉行』といった地方の主要都市を治める奉行のことである。

一方、「先手頭」というのは、将軍直轄の特殊な武器を扱う部隊の長官のことで、先手鉄砲組と先手弓組との二つがあった。

この先手頭や京都・大坂の町奉行は役高が千五百石で、長崎奉行は二千石なのだが、勘定奉行ともなると、一気に役高が上がって三千石となる。それに対して目付の役高は千石なので、板倉佐渡守はそこを気にして、「役高が千石の目付を、一気に三千石の勘定奉行に上げるのは無理がある」と言いたいようだった。

だが今の佐渡守の発言が、次席の右京大夫には著しく引っ掛かったらしい。右京大夫は、生来の短気を顔つきにはっきり出して、

「佐渡どの、それはちと、おかしゅうござろうて」

と、格下の四席に向けて、意見をし始めた。

「今、ご貴殿、『他の者らの手前を……』と申されたが、そも昇進などというものは、能ある者がその働きを評されて格上の職に昇るのであるから、他の者らの手前なんぞは関係あるまい」

「いや、ですが、右京さま……」

四席の佐渡守も、そのまま退く気はないようである。

「こと『勘定奉行の候補』でございましたら、なにもわざわざ妹尾でなくとも、ようございましょう？　妹尾はとにかく目付が長うございますから、勘定方は『畑違い』にござりまする。無理に勘定奉行などさせますよりは、遠国のなかでも難しい長崎か

京都あたりを任せたほうが、適材適所というものかと……」

「さようなことではござらんぞ。そも先般、目付方が出してきたあの建白の実現のため、十左衛門を入れようという話でござろう？」

「いやですが、やはりあまりに門外漢では、改革も……」

と、板倉佐渡守が、負けじと言い返した時である。

本気で揉めそうな二人を止めて、横手から首座の右近将監が口を出した。

「すまぬが、ちとそこまでで、先に他のお二方よりご意見をばいただこう。どうだな、周防どの。貴殿はいかが思われる？」

「はい……」

そっと気配を消していたというのに、いきなり自分にお鉢がまわってきて、周防守は困っていた。

「ただどうも、いささか難しゅうはございますし……」

「難しい？」

我慢できずに、またも口を挟んできたのは、右京大夫であった。

「『難しい』と申されるのは、やはり『目付の長い十左衛門には勘定方は難しかろう』ということにてござるか？」

「いえ、右京さま、そういったことでは……」

右京大夫に睨まれて、周防守は、あわてて首を横に振っている。

そうでなくとも先日の大手門の一件が未だに尾を引いていて、首座の「右近さま」とは正直まともに目も合わせられないでいるほどなのに、今また次席の「右京さま」に睨まれて、すっかり小さくなっている。

すると先ほど右近将監から話を振られた末席の田沼主殿頭が、周防守に助け舟を出すかのように、自ら発言してきた。

「あの妹尾十左衛門なれば、畑違いの勘定方に行ったとて、どうとでも上手くやることにてございましょう。さらに申し上げれば『旧弊のある勘定方を刷新せん』とするならば、旧来の勘定方とは繋がりのない妹尾のような人物のほうが、改革はしやすかろうと存じますので」

「さよう、さよう。いやまこと、主殿頭どのの申される通りでござるな」

一気に機嫌を直して、右京大夫はご満悦の様子である。

だが一人、実はまだ首座の老中である松平右近将監だけは、一言も自身の意見を口にしてはいなかった。

本心を忌憚なく語れば、十左衛門が目付部屋を出ることには、一抹の不安がある。

十左衛門が目付となって二十数年、さらにそのうちの十余年というものは、十左衛門が筆頭として目付方を一手にまとめてきたから、あの結束力と機動力のある目付方が維持できていたのである。

日々忙しく幕政を担わなければならない老中方の首座として、妹尾十左衛門が率いる「頼りになる目付方」を失うことは、やはりかなりな痛手といえた。

とはいえ、武家の男として「昇進」や「出世」は、人生の目的ではあろう。

これまでずっと陰に日向(ひなた)に、御用部屋(こちら)を支えてきてくれた十左衛門から出世の機会を奪ってしまう訳にもいかず、右近将監は、ひとり何とも意見を言うことができなかったのである。

だが、なにせこたびばかりは、勘定方改革の建白のことがある。

すっかり上機嫌の右京大夫や、利を重視する主殿頭の強い勧めで、結局は老中方から正式に「妹尾十左衛門への昇進の斡旋(あっせん)」の書状が、目付部屋の十左衛門のもとへと下ろされたのであった。

三

老中方からその書状が出された、翌早朝のことである。

目付方は江戸城内の有事に備えて、常に二名ずつの目付を『当番』や『宿直番』として目付部屋に残すようにしていて、一日が始まる明け六ツ（朝六時頃）に出勤して、夕刻まで詰める二名を「当番」、逆に夕方の七ツ（午後四時頃）に出勤して、そのまま目付部屋に一泊し、翌朝の明け六ツまでを勤める二名を「宿直番」と呼んでいた。

それゆえ前日の宿直番と、次の日の当番との引き継ぎは、毎日早朝の明け六ツ過ぎには行われていて、今日は宿直番が「荻生朔之助光伴」と「桐野仁之丞忠周」の二人、当番は「小原孫九郎長胤」と「稲葉徹太郎兼道」の二人が就くことになっている。

幸い前夜は江戸城内に何事もなかったため、引き継ぎもあっという間に終わって、そのあとは目付が四人、いつものように雑談となった。

「皆さまは、もうお聞きになられましたか？」

声を弾ませてそう言ったのは、桐野仁之丞である。

「ああ」

と、それに応えて、稲葉徹太郎が笑顔を見せた。

「くだんの『ご昇進』が一件でござろう？　拙者は昨日、蜂谷さまより伺うたのだが、蜂谷さまは我が事のようにお喜びであったな」

話にのぼった「蜂谷さま」というのは、やはり目付で「蜂谷新次郎勝重」という古参の一人である。

「私も蜂谷さまより伺いました。何でも昨日の昼頃に、御用部屋から書状が届きましたそうで、ご筆頭とともに当番をお勤めでいらした蜂谷さまにも、その場で見せてくださったようで……」

そう言った桐野の話に、

「ふん」

と、小さく、いかにも気に入らなそうに鼻を鳴らしたのは、荻生朔之助である。

「拙者にも同様に話してこられたが、いくらそうしてご筆頭より直に教えていただいたとは申しても、会う者、会う者、片っ端から勝手に報せてまわるというのは、いかがなものかと存じますがな」

「おい。さっきから、何の話だ？」

横手から不機嫌に顔をしかめてきたのは小原孫九郎で、三人の話の中身がいっこうに判らないらしい。

　そんな先輩目付を見て取って、あわてて稲葉が説明した。

「御用部屋の上つ方からご筆頭に向けまして、『勘定奉行に昇進せぬか？』との斡旋の書状が届いたのでございます。どうも先般、私どもが出しましたくだんの勘定方改革の建白が、関わっておりますようで」

「ほう。こたびは勘定奉行か……」

　小原の一言に、桐野仁之丞が反応した。

「なれば以前にも、ご筆頭にご昇進の話がきていたのでございますか？」

「さよう。儂が聞き知ったかぎりでは、『長崎奉行』が幾度かと、『京都町奉行』や『大坂町奉行』、『先手頭』といったところでござったが……」

「そういえば一昨年でしたか、『作事奉行』もございましたね」

　稲葉が言うと、小原孫九郎もうなずいた。

「まあ、したが、妹尾どのは行かれまい。作事奉行が勘定奉行になったとて、それは同じであろうよ」

「さようにございましょうか？」

　身を乗り出してきたのは、桐野である。

「でもこたびは、勘定方の改革の件がござりまする。このご昇進の話に、佐竹さまはむろんのこと、赤堀さまも牧原どのも喜んでおいでございましたし、ご筆頭と佐竹さまとが内部と外部からご改革に向かえば、まこと経費の削減も相成るやもしれませぬし……」

桐野が名を出したのは、「佐竹甚右衛門康高」と「赤堀小太郎乗顕」に、「牧原佐久三郎頼健」という、また別の三名の目付である。

こうして次々、目付たちの名前が出てくることで判るよう、こたびの十左衛門の昇進話は、目付部屋の皆の注意をさらっていた。

だがそんな浮わついた空気に、腹を立てている者もある。今ここにいる荻生朔之助も、その一人であった。

「昇進などというものは、そも当人の勝手にてござろう？　御用部屋からはっきりと『ご命じ』ということになればいざ知らず、『どうだ？』と単に訊かれているだけのうちは、我らが傍から『ああだ、こうだ』と打ち騒ぐのは、無礼というものでござろうて」

「……はい。申し訳ござりませぬ」

何やら桐野仁之丞が皆を代表して荻生に叱られる形となって、その日の朝の当番と宿直番との引き継ぎは、ぎくしゃくと居心地の悪さを残したままで解散となったのであった。

四

こうして目付方の内部がいつになく、ざわついていたある日のことである。

その日、江戸城では定例の『月次御礼』が行われていて、諸家の大名や旗本たちが本丸御殿に集まっていた。

江戸城の本丸御殿では毎月三回、一日と十五日と二十八日に「月次御礼」と呼ばれる儀式が催されている。

月次とは「毎月決まった恒例の……」というような意味なのだが、参勤交代などで江戸に在府している大名や旗本たちは、月に三回こうして本丸御殿に参上し、上様に対して常に変わらぬ忠誠心を体現するため、拝謁を願うことになっているのである。

この月次御礼の拝謁が終わって、大名や旗本たちが三々五々、帰ろうとしていたところで事件は起こった。

役高二千石の『旗奉行』と、役高千五百石の『先手鉄砲頭』とが、城勤めの役人たちの出入り口である『中之口』近くの大廊下で、あわや刃傷に及ぶかというほどの大喧嘩を起こしたのである。

その報せを目付部屋で受けたのは、当番目付の一人であった西根五十五郎であった。

「して、今はどうなのだ？　まさかまだ揉めておる訳ではあるまいな？」

西根に訊かれて、報告に来た徒目付の高木与一郎は、首を横に振った。

「帰りがけのことにて、幸い周囲に他者が多くおりましたそうで、双方、脇差を抜きます前に押さえられ、刃傷にまでは及ばずに済んだそうにてございますが、互いに胸倉をつかんで殴り合い、床に押し倒してはまた殴りといった風な大乱闘だったそうにてございまして……。今は目付方より見張りをつけまして、『菊之間』と『躑躅之間』とに引き分けて、こちらよりの訊問を受けるべく待たせてござりまする」

「よし。で、双方の名は判っておるのか？」

「はい。まずは先手鉄砲頭がほうは、『庄田征四郎義貞』と申す御仁だそうにてございまして、対して旗奉行がほうは『米山豊後守長成さま』と……」

「なに？　旗奉行というは、あの『米山さま』か？」

「はい。正直、聞いて私も驚いたのでございますが」

「………」

西根や高木が、こうして驚くのも無理はなかった。

定員二名の旗奉行の一人「米山豊後守長成」は、たしか今年で八十歳を迎えたはずの最古参といえる旗本で、今、幕府の役人のなかには八十を超えて現役の者は他にはいないため、城勤めの男たちの間では有名な人物なのだ。

その米山豊後守が、まさか御殿内の廊下でつかみ合い殴り合いの喧嘩をしたとは、夢にも思わなかったのである。

「米山さまはご無事なのか？」

「はい。まだちらと遠くから拝見しただけにてございますが、どこもいっこうお怪我などはないようで、お顔に痣が見えましたのは、『御先手』の庄田さまがほうにてございました」

「ほう……」

と、西根は、ニヤリと口の端を引き上げた。

すでにもう西根五十五郎は、半ば面白がっているらしい。

そんな「西根さま」の様子に、徒目付のなかでも古参でどの目付のことも熟知している高木与一郎は、内心で「また始まったか……」とため息をついていたが、そんな配下の心の内を知ってか知らずか、西根五十五郎はやけに乗り気な顔をして立ち上がった。

「なら、まずは、米山さまがほうからお話を伺おう。おぬしが供をしてくれ」

「ははっ」

米山豊後守を待たせてあるという菊之間は、目付部屋からも遠くない。その菊之間へと、二人は向かうのだった。


役高二千石の『旗奉行』は、徳川将軍家の軍旗を預かって管理する役方の長官である。戦国の昔であれば、軍旗は敵に対して武威を誇示する重要な品であったが、戦のない今では、わざわざ軍旗を持ち出して用いる必要がないため、時々「虫干し」をしたりして、由緒ある徳川家の軍旗が湿気や虫で傷まないよう管理すればいいだけの、いわば閑職であった。

配下には役高八十石の『旗奉行与力』が一名と、役高三十俵三人扶持の『旗奉行同心』が十五名ついている。この与力も同心も、先祖代々徳川家の軍旗を守って仕えている譜代の家柄の者たちであり、長官の旗奉行と同様、閑職ではありながらも、御家人のなかでは特別な、古参の家格であった。

つまり徳川家の軍旗を守る旗奉行方は、閑職とはいえども誇り高き名誉の職なのである。それを象徴するような存在が、まさに「米山豊後守」であった。

「生まれは、五代・綱吉さまが御世の元禄三年（一六九〇）。世に言う『赤穂ご浪士らの討ち入り』がござった冬には、拙者、齢もすでに十三に成うていたゆえ、世俗の者らが徒に打ち騒いでおったのも、まことによう覚えてござる。『書院番』にお役を得て、初の出仕をいたしたのが宝永四年（一七〇七）、十八の夏にてござったが、以来、『使番』に『徒頭』、『御先手の弓頭』に『槍奉行』、『旗奉行』と移って、現在に至る次第にござる」

経歴を自ら語って、先制攻撃のごとくにそう言ってきたのは、米山豊後守である。

今、西根は高木一人を供として、菊之間で待っていた米山豊後守と向かい合い、

「御旗奉行の米山豊後守さまとお伺いいたしておりまする。拙者、目付の西根五十五郎と申す者にてござりまする」

と、名乗りを上げたばかりであったが、その挨拶に応える形で、米山は長い自己紹介を始めたという訳だった。

「当年とって八十にてござるが、未だ手も足も頭も耳も、存分に動いてござるゆえ、ああした若い者にも、いっこう引けは取らぬつもりだ」

「『若い者』と申されるのは、くだんの御先手の庄田どので？」

西根がわざと訊き返すと、米山豊後守は大きくうなずいた。

「さよう」

と、米山豊後守は鼻息を荒くして、こう続けてきた。

「まことにもって無礼千万とは、あやつのことにてござるぞ。彼奴(きやつ)めが、言うに事欠いて『年寄りの冷や水』なんぞと抜かしおったゆえ、あのねじくれた根性をば叩き直してくれたのだ」

「いや、それはまた、さような無礼を申しましたか……」

そう言って、ちと大袈裟(おおげさ)に目を丸くして見せると、西根はその先を、ことさらに付け足した。

「して、その『年寄りの冷や水』の他には、どのように？」

「…………！」

西根の言い方に含みがあるのを察知したのであろう。米山はムッとしたらしく、眉間に皺(しわ)を寄せてきた。

「無礼な者に仕置きをするに、他に何が要(い)ると申される？」

「……ああ、いや、さようでございましたか」

西根はスッと引っ込むと、めずらしくも素直に頭を下げた。

「妙な邪推をいたしまして、申し訳もござりませぬ。なにぶん、ご城内での争いごとでございましたし、つい何ぞか他にも我慢のならないような無礼な物言いでもあったかと、さように思うてしまいまして」

「…………」

口をへの字に引き結んで、米山豊後守は黙り込んでいる。

その米山豊後守に、だが西根は目付として、はっきりと言い渡した。

「とにもかくにも、やはりご城内での有事ではございますゆえ、私ども目付方のほうで、こたびの一件の経緯なりと調べさせていただかねばなりませぬ。ご不便ではございましょうが、なにぶん幕府の倣いゆえ、その間はどこぞ他家への『預け』という形となりまする。どちらか近しいご親戚でもあられましたら、こちらから正規にお頼みをいたしますゆえ、是非にもお教えいただきたく……」

「ふん。なれば、番町の『千野家』にでも使いを出されたらよかろう。養子に出した倅が家じゃ」

「『番町の千野さま』でございますね。では、さっそく……」

そうして結句、米山豊後守は、もう三十余年も前に他家へと婿養子に出した三男の屋敷に「預け」となったのであった。

五

　一方、争いの相手となった『先手鉄砲頭』の庄田征四郎義貞は、菊之間からは少し離れた躑躅之間で控えていた。

　四十半ばというところであろうか、庄田は背が高くて肩幅も広く、いかにも武官らしい浅黒い顔をした男であったが、その風貌ほどには肝は据わっていないらしく、城内で騒動を起こして目付方に呼ばれてしまったという事実に、今更ながらにおろおろとしているようだった。

　話す相手にこうした風を見て取ると、ことさらに突っついてみたくなるのが、西根の悪い癖である。

　お互いに名乗りを終えると、西根はさっそくわざと言い立てるようにして、訊問をこう始めた。

「ことこうしてご城内にて騒動を起こされたのでございますから、おそらくはよほどの理由があったのであろうと推察いたしてはおりますが、それにいたしましても、お相手の米山豊後守さまは齢八十にもなられるお方……。その豊後守さまと、胸倉をつかんでの殴り合いとなられるとは、いや実際、つい先ほど配下の者より報告を受けました時には、ちと私も己が耳をば疑うた次第にございましてなあ」

「いや、お待ちくだされ、西根どの！　拙者、誓って、かの御仁に、手を上げてなどござりませぬぞ！」

「ですが衆目のいたしたところによれば、『中之口前の大廊下にて、双方ともに相手の胸倉をばつかみ合うておられた』と……」

「『胸倉を……』と言われれば、それはたしかにこちらもつかみはいたしたが、最初にあちらがつかみかこうてこられたゆえ、それを止めんとして、こちらもいたしたまでにてござれば……」

「つかみかこうてこられたのは、やはり貴殿が『年寄りの冷や水』などと、豊後守さまを揶揄なされたからにてございましょうか？」

「いや、それは……」

言いさしてはきたものの、それ以上に否定できないところを見ると、「当たらずといえども遠からず」といった状況であったのだろう。

西根はそう見て取って、さらに庄田に詰め寄ってみることにした。

「『年寄りの冷や水と言われて腹が立った』と、豊後守よりは、そう伺うておりましてな。縦(よ)し、まこと諍(いさか)いの種が、さような物言いが出るほどのものにてございましたら、その前後の経緯なりと、是非にもお伺いいたしとう存じまする」

「…………」

と、急に庄田は黙り込んだ。おそらくは「この目付からの訊問に何と答えるのが、一番に無難か？」と、庄田征四郎は今、懸命に考えているに違いなかった。

「どうなさりました？　難しゅう考えられずとも平気でございますゆえ、ただもう何がございましたか、口論の原因(もと)と経緯をば、そのままお話しくだされば……」

「…………」

だがとうとう庄田征四郎は、それ以上は何も喋らずに、西根の目の鋭さから逃げるようにして、自ら「預け」の他家(さき)を決めて、躑躅之間を出ていったのであった。


庄田征四郎が立ち去って、だだっ広い躑躅之間に目付方の西根と高木が二人きりになった直後のことである。

「本間です。失礼をいたします」

と、閉まった襖を外から開けて、徒目付の本間柊次郎が入ってきた。

「おう、柊次郎。来たか」

本間に声をかけたのは西根ではなく高木与一郎のほうで、そのあとすぐに、

「西根さま」

と、高木は改めて西根のほうへと向き直ってきた。

「実は柊次郎が他の配下らと手を分けまして、騒動が起きた際に周囲にいた者たちを探して、話を聞いてまいりましたので」

「ほう。さようであったか」

配下たちの手配りの速さに満足して、つい顔が緩みそうになったのを、既のところで西根は抑えた。

おそらくは目付方に一報が入った時点で、すぐに高木が後輩の徒目付である本間に命じて調べさせておいたのであろう。だがそうした、いわば自分の手柄には触れずに、後輩の徒目付や配下の小人目付たちの働きぶりを、さりげなく口に出してやるようなところが高木にはあり、前々から西根も気づいてはいるのだが、そこを素直に褒めてやるということが、性格上、西根五十五郎にはなかなかにできないのだ。

「して、どうだ？　何ぞか判ったか？」

かえって高木を抜かす形で、西根が直に本間柊次郎に訊ねると、本間は座敷の外に会話が漏れるのを怖れてか、つつっと傍まで近寄ってきて声を落とした。

「『貴殿が御先手の庄田どのか？』と、先に声をかけましたのは米山豊後守さまだそうで、それに続けて『邪推にてあらぬ噂を立てるのは、断じてやめていただこう』と、かようように申されたそうにてござりまする」

「ふむ……。やはりそうか」

「『やはり』でございますか？」

西根の「やはり」に喰いついて本間が目を見張ると、そんな配下の様子に、

「さよう」

と、西根は気を良くしたようだった。

「相手に対し、とにかく腹を立てておるのは、米山豊後守さまがほうでな。対して、御先手の庄田さまは、いかにも何ぞか後ろめたきことでもあるように終始おどおどとなされてはおったが、豊後守さまに痣の浮くほど殴られたというに、さして腹を立ててはおらなんだゆえな。喧嘩の火種は『庄田さま』がほうにあると見て、間違いはなかろう」

「さようにございましたか……」

と、本間は聞き入っている様子であったが、そのまま何やら考察でもし始めたらしく、黙り込んでしまっている。

そんな様子を見て取って、横手から高木与一郎が声をかけた。

「どうした、柊次郎。何ぞ気になることでもあったのか？」

「いやそれが、肝心の『あらぬ噂』とやらにてございますが、どうやら双方あの場では、どんな噂か、その内容につきましては、いっさい他者には悟られぬようにして言い合うていたそうにてございまして」

「双方が『他者に知られぬように』いたしておったのか？」

鋭く訊き返してきたのは、西根五十五郎である。

「はい」

と、本間はうなずいて、先を続けた。

「どなたからお話を伺いましても、ほぼ同様だったのでございますが、やはり最初は豊後守さまがほうから『貴殿が御先手の庄田どのでござるか？』と、お声をかけたそうにてございまして……」

怪訝な顔をしながらも、それに答えて庄田征四郎が「いかにも拙者が、先手鉄砲頭の庄田にてござりまするが」と返事をすると、豊後守はまるで威嚇でもするかのようにずんずんと近づいてきて、「邪推にて、あらぬ噂を立てるのは、断じてやめていただこう」と、前段の話のたぐいはいっさい無しで、いきなりそう言い放ったという。

「それに答えた庄田さまは、『拙者ではござらぬ』と、ごく短くそれだけを申されたそうにてござりまする。すると一気に豊後守さまが激高なされたそうで、『白を切られるおつもりか！　噂の源泉が他ならぬ貴殿だということは、こちらもすでに調べをつけて存じておるのだ！』とおっしゃって、それを受けて庄田さまが、『一体、何をお調べかは存じませぬが、年寄りの冷や水も大概になされぬと、まことお身体を壊しましょうぞ』と申された直後に、『黙らっしゃい！』と豊後守さまが、庄田さまにつかみかかったそうにてございまして……」

「おい。ちと待て」

本間の話を押し止めて、西根が口を挟んだ。

「今の双方のやりとりが一言一句そのままであるならば、豊後守さまは、ただの一度も名乗ってはおらぬぞ」

「いやまこと、そこがどうにも判らぬところでございまして」

本間柊次郎は、一膝、身を乗り出してきた。

「むろん御先手の庄田さまが噂を流した当人であれば、庄田さまの側が豊後守さまのお顔をご存じなのは当然にてございましょうが、『貴殿が御先手の庄田どのか？』と、お訊ねになったということは、双方これまで直に会われたことはなかったということでございましょうし……」

それなのに、噂の内容がどういったものなのかについてはお互いに承知しており、またさらに謎なのは、噂の的となっているのであろう米山豊後守だけでなく、噂を流したとされている庄田のほうまでが、その噂の内容についてをその場にいた他者たちに知られぬよう、隠そうとしていることだった。

「庄田さまが言動は、たしかにおかしゅうございますな……」

眉を寄せてそう言ってきたのは、高木与一郎である。

「城中の大廊下がような衆目環視に晒された場所で、『邪推にて、あらぬ噂を立てるのはやめろ』なんぞと言われましたら、『何の話でございましょう?』とそうした風に白を切るのが、まずは普通でございましょう。ただそこでそう言えば、噂話の中身を周囲に晒すことにもなりかねませぬ。それゆえに『拙者ではござらぬ』などと、かえって疑われかねないような返答をなさったということで……」

「まあ、そのあたりの読みが妥当であろうな」

そう言ったのは西根五十五郎で、ついさっき高木を褒めてやらなかった分の補塡のつもりか、めずらしくも配下の読みを素直に肯定してやったものである。

「どういたしましょう? やはり噂のほうは『下馬所』にて、聞き込んでまいりましょうか？」

横手からそう言ってきたのは本間柊次郎で、たしかに大手門前の下馬所には、城内に出仕している主君を待って諸武家の家臣たちが長時間待機しているため、そうした男たちが暇つぶしに、あれやこれやと噂話を持ち寄っては、互いに披露し合っているのである。

そうした噂話の一つに、米山豊後守に関わる何かがあるかもしれなかった。

「下馬所のほうには西根家(うち)の家臣をばら撒(ま)いて、それらしき噂がないか世間話を装って聞き込みをさせるゆえ、おぬしらは小人目付を幾人か使って、豊後守さまと庄田さまの身辺を探ってまいれ」

「ははっ。なれば、さっそく柊次郎と手を分けまして、相調(あい)べてまいりまする」

高木与一郎が米山豊後守を、本間柊次郎が庄田征四郎をそれぞれ担当することが決まって、高木ら徒目付二人は、急ぎ躑躅之間を後にしていくのだった。

六

元禄三年の生まれで、今年、数(かぞ)えで八十になった米山豊後守長成には、「先妻」と

「後妻」二人の妻との間に、実に四男四女があった。

　豊後守が二十三歳の時に生まれた長男を皮切りに、二十五歳の年には次男、三十歳には長女と、その翌々年には次女、三十六歳で三女と、女児の誕生が続き、豊後守が四十一歳、妻女が三十七歳の時に今度は三男が生まれたが、その三男の出産で妻女が身体を壊してしまい、赤子を含む六人もの子らを残して先立ってしまったという。

「その赤子の『興三郎（こうざぶろう）』や、まだ幼のうございました妹たちの面倒を見てくれておりましたのが、生前、母が何かと頼りにしておりました女中頭（じょちゅうがしら）の『おてい』でございました」

　聞き込みに来た高木与一郎を相手に、昔語りをしてくれているのは、米山豊後守の長男で、今年で五十八歳になった『詠信（えいしん）』という名の僧侶である。

　この詠信は二十歳の時、亡くなった母親の菩提を弔（とむら）いたいと自ら出家を決めたのだそうで、高木与一郎は豊後守の周囲を調べるべく米山家の近所に聞き込みをかけている際に、この長男の噂を聞き知って、詠信がいるという米山家の菩提寺を訪ねてきたのだ。

「かくいう長男の私も、幼き頃は随分と、おていに世話になりました……」

はるか昔を思い出しているのであろう。詠信は「おてい」と女中頭の名を出すごとに、懐かしそうに目を細めていて、当時そのおていに懐いていたのであろうことが、目に浮かぶようだった。

「私は生まれてすぐより、ずっと病弱だったそうにてございまして、十歳(とお)を過ぎても何かというと寝付いていては、おていに看病させておりまして……。情けなくも、武家の嫡男だというのに満足に道場にも通えませんで、幕府への仕官など、とてものことできる道理はございませぬし、ならいっそ米山家の家督は弟たちに譲って、私は仏門に入り、母の菩提を弔いながら生涯を送ることにしようかと……」

自分の将来(さき)を心に決めて、父親の豊後守や弟妹たちに話したところ、次男の弟や妹たちには血相を変えて止められて、ひどく泣かれもしたのだが、ひとり父親の豊後守には「それで、おまえはよいのか？」と訊かれただけで、反対はされなかったそうだった。

「ただ父も、決して冷淡な訳ではございません。私が自ら言い出すまでは、長男の私を廃嫡にすることなど毛ほども考えてはいなかったようにてございまして、当時もう十八になっておりました次男の鉄次郎(てつじろう)にも、『良き他家へ婿養子に行けるよう、文武両道、励むように……』と、始終申しておりましたので」

ただ実際、米山家のような家格の高い旗本が幕府内でお役を得るためには、まずは番方（武官）である『書院番』か『小姓組番』に番士として入らねばならず、つまりは人並み以上に武芸ができぬことには、どうにもならないのだ。

「むろん生涯、無役のままでも家督を継ぐことはできましょうが、米山家の子孫に、何もむざむざ病弱な私の血を選んで受け継がせる必要はございません。縦し私なんぞが継ぎまして、それがために直系が絶える事態など迎えましたら、私はきっと自分を呪うことでございましょうからと、父に本心で向き合いまして、二十歳の秋に米山家の菩提寺であるこちらへ入門をいたしました」

「さようでございましたか……」

まだ二十歳の若さで自らそうした決断を下すとは、武家の男子として実に潔い覚悟だと、高木は感銘を受けていたが、目付方の調べでここに来ている自分が安易によけいな口を利くのは、剣呑というものである。

高木は私情を抑えると、さらに米山家の内情を知るべく、話を先に進めて言った。

「ご実家の米山家より、ご次男さまご逝去のお届が出されてございましたので、お亡くなりになられたことは存じ上げておりますのですが、細かなご事情までは記されてございませんで……」

幕府への逝去届には、享保二十一年（一七三六）の春、嫡子であった次男・鉄次郎が急逝したため廃嫡にした旨（むね）、報告されているだけである。

「お辛（つら）きことではございましょうが、どうか、そのあたりのお話も……」

「はい……」

　と、詠信はうなずいて、そのまま目を伏せて話し始めた。

「私が出家をいたしましてから五年ほどの、鉄次郎が二十三の歳のことにてございました。当時『お番入り（ばんいり）（番士となって初出仕すること）』を目指して、日々、諸武術の稽古に精を出しておりました鉄次郎が、その日は馬術の鍛錬のために、幾人かの道場仲間とともに山野に馬駆けにまいったそうにてございまして、その先で誤（あやま）って馬もろともに滑落し、すぐに助け出されはいたしましたものの、その怪我が原因（もと）で、結句、命を失うてしまいまして……」

「いや、それは……」

　いたたまれず、高木も思わず目を伏せた。

　日々、本気で武術の鍛錬をしていれば、多少の怪我は日常茶飯事ではあるのだが、仲間と腕を競い合ったり、昨日の己を超えようと焦るばかりに無理をして、大怪我をしたり、命を落としたりする者も少なくはなかったのである。

　ことに馬術は、下手をすれば百貫（三七五キログラム）近くもある馬と呼吸を合わせて、思う通りに操らねばならない。それゆえ馬術の修練中に事故を起こして、大惨事にまでなることは、ままあったのだ。

「すでに三男の興三郎は、遠縁の千野家へ婿養子としてもらわれていった後にてございましたゆえ、米山の家は妹たちの誰かに婿をもらって継がせるしかあるまいと、そう思うていたのでございますが……」

その妹たちもそれぞれ世話が要らないほどの年齢になり、一方おていは年老いて、女中奉公を辞めていったのだが、その代わりに、おていの姪の「おもと」という娘が奥向きの女中として米山家に入ってきて、さらに数年経った寛延元年（一七四八）の秋、いつのまに主人の手がついていたものか、その「おもと」が豊後守の子供を産み落としたそうだった。

「赤子は男児でございましたので、『何とかこのまま無事に育てて、是非、米山家の嫡男に……』と親戚の者らが沸き立ちまして、『乳離れしたら、子供は米山家が引き取り、おもとには相応の金を与えて実家へ戻すがよかろう』と、さかんにそう言い立てておりまして」

「ですがそれでは、赤子が母親と離れ離れに……」

高木が一見、出しゃばったような口を利いたのは、実際には現在も「おもと」は米山家の屋敷に住んでいて、そればかりか男児の下に女児までも産み落としているのを、すでに調べ上げているからである。

「いくら乳離れをいたしましたとて、幼きうちは、やはり何かと母親は必要(いりよう)でございましょうし……」

　高木がそう言って水を向けると、

「はい」

　と、詠信も大きくうなずいた。

「そこは妹ら三人も、『それでは四男の丈四郎(たけしろう)が、あまりにも可哀相だ』とずいぶんと騒ぎ立てまして、不肖(ふしょう)、出家の私も呼ばれて、妹らとともに反対をいたしました」

「なれば、その『おもと』どのは？」

「はい。『側室(そくそつ)（妾(めかけ)）』としてではございますが、その後も無事に屋敷にて住み暮らしておりまする」

「やはり『後妻』とされるのは、ご親戚がお許しになりませんでしたか？」

「いえ、もとより親戚の者らは、側室に直すことさえ反対いたしておりましたので、父も親戚の声などは、端(はな)から気にしてはございませんで……」

　そう言うと、詠信はその先を、少しく言いづらそうに言葉を選び始めた。

「ただ何と申しましょうか、幕府（おかみ）より正規に後妻としてお認めをいただくためには、どこぞか他家にお頼みをして、おもとどのを『その武家（いえ）の娘』ということにでも、いたしてもらわねばなりませぬし……」

たしかに幕府は、幕臣武家の婚姻に関して、あれこれと細かく規定を設けている。まずは、あまりに家格が違う者どうしの婚姻は基本的に禁じられていて、たとえば米山家の男が「正妻」として嫁をもらう場合には、もともとの家禄である千八百石からさほどに家禄の離れない、家禄千石くらいから三千石未満ぐらいまでの旗本家から嫁取りをするのが奨励されていた。

したがって、米山家の所領の一村から江戸に出てきた「百姓家の娘」であるおもとは、そのままの身分では米山豊後守の正妻にはなれない。

さっき詠信が言った通り、もしおもとを正式に後妻にしたいと考えるのであれば、米山家と家格の見合うどこかの旗本家にこっそりと頼み込んで、「その旗本家の娘か、養女」ということにして幕府に届を出さなければならないのだが、これがまた、そう簡単にはいかなかった。

もし「娘」として幕府に届を出すのなら、

「実は、我が家には『〇〇』という名の娘が生まれておりまして、今年〇歳になるまで丈夫に育っておりましたのですが、その娘が、こたびめでたく米山家と縁組という話になりまして……」

　という具合に、いわゆる『丈夫届』と『婚姻の願書』とを一緒に仕立てて、許可をもらわなければならない。

　またもし「養女」としたいのであれば、幕府への届出は、よりいっそう面倒な代物になった。

　もとより幕府は「養子」や「養女」の縁組には厳しくて、必ずその武家の直系と血が繋がっていなければ、養子や養女とすることを許していない。したがって養女に仕立てようと思ったら、まずはどこかの武家の娘として、丈夫届をこしらえた後に、

「こたび丈夫届を出しました娘が、親戚の○○家の養女として迎え入れられることと相成りまして、ついてはそのお許しをいただきたく……」

　と、血の繋がりを明記した上で養女の縁組願いの願書を作り、さらにはその養女を米山家に嫁がせるべく、婚姻願いまでを一緒に出さねばならなかった。

　だがそれを、百姓家の娘であるおもとでやろうとすれば、すべてを偽称しなければならない。幕府への届け出を詐称するのは重罪であるから、米山家に頼まれて偽称した旗本家たちも、もし露顕すれば「御家取り潰し」は免れず、その危険を承知で加担

してくれる武家があるとすれば、むろん金が目当てであった。

「万事、曲がったことの嫌いな父のことでございますから、幕府の禁を犯すことなど、毛ほども考えられるものではございません。それゆえ、おもとどのにも『すまぬが、側室という形で我慢をしてくれ』と、そう言って聞かせたそうにてございまして」

その後、三人の妹たちもそれぞれに他家へと嫁ぎ、四男の丈四郎のあとに、四女の房枝も生まれて、今では丈四郎が「嫡男」として、正式に届が出されているそうだった。

「さようでございましたか……」

そう言って高木はうなずいて見せると、実は一番、気になっているところをさりげない調子で訊ねてみた。

「そのご嫡男の丈四郎さまは、今は幾つにおなりに？」

「もう『幾つ』というような歳でもなくなりました。丈四郎も、たしか今年で二十二になりましょう」

見れば詠信は穏やかに笑っていて、「あんなに小さかった末の弟が、本当に大きくなりまして……」とでも言いたげに、いかにも兄らしい顔つきになっている。

そんな兄者に向かって、高木はわざとこう言ってみた。

「いやもう二十二におなりであれば、いつにても代替わりもできましょうし、米山家も安泰にてございますな」

「はい。ただ父も、未だ矍鑠といたしておりますゆえ、お勤めを続けておるのでございましょう。私も父に負けずに、励まねばなりませぬ」

「まことと、さようにございますな」

たしかに先日、菊之間で会った米山豊後守は、とてものこと齢八十とは思えぬほどに、身体つきも物言いも現役そのものではあった。

ただ何と言ったらいいものか、今こうして詠信からあれこれと話を聞けば聞くほどに、未だ豊後守が当主として表に立っている米山家の全貌が、かえってぼんやりとして判らなくなってきているのだ。

この妙な違和感がどこから生まれてくるものか、それが今はっきりと判れば詠信に訊ねてみることもできようが、どうしても判らない。

今日この寺に、わざわざ長男の詠信を選んで話を聞きに来た理由は、米山豊後守がどういった人物で、どういう暮らしをしてきたのかを知るためである。出家して米山家をいわば外から見ている長男ならば、俯瞰的な立場であれこれ語って聞かせてくれるかもしれないと、そこを狙って、あえて「訊問」という風情は出さず「世間話」でもするかのように対話を続けてきたのだが、その狙いが成功して、こんなに長く話が聞けたというのに、いま一つ、米山家というものがつかみきれないのだ。

この違和感のなかに、庄田との喧嘩の原因となった「噂」の種があるのだろうか。

結句それも判らぬままに、高木は詠信の寺を後にしたのだった。

七

翌日の昼下がり、高木はこれまでの調査を報告すべく、目付方の下部屋で「西根さま」の前に控えていた。

庄田側の情報も知りたいため、本間柊次郎にも声をかけて、一緒に報告ができるよう、すでにこちらに来てもらっている。

今は高木が一足先に、昨日、詠信から聞いてきた内容を、あらかた報告し終えたところだった。

「ふむ……」

聞き終えて西根五十五郎は、何やら眉間に皺を寄せて考え込んでしまっている。

こうした顔で「西根さま」が黙り込んでいらっしゃるということは、何ぞ必ず報告のなかに気になる部分があるからで、この後にお訊ねなり、お叱りなりがくるのが常なので、何をどうおっしゃってくるものか、高木も本間も静かに控えて待っていた。

　これがもし他の御目付の皆さまであれば、こちらから「何ぞかございましょうか？」と訊いてしまうこともできるのだが、そんな風に出しゃばったりすれば、まず間違いなく西根さまの癇に障ってしまい、嫌味や皮肉の総攻撃を受けることになるに違いない。

　それゆえ高木も本間も二人して西根さまの次の言葉をしばらく待っていたのだが、どうやら何もまだ出てはこないようなのを見て取って、とうとう本間柊次郎が会話の口火を開いた。

「あの高木さま、私どうも、よう判らないのでございますが……」

「判らぬ？」

　本間が点けてくれた口火に有難く乗っかって、高木も話を広げて言った。

「判らんとは、どういう意味だ？」

「いやそれが、どうもこう何と言ったらいいものか難しゅうございますのですが、米山さまのご家族のご様子が、ちと『よそよそしい』とでも申しますか、妙な感じがいたしまして」

を使って、

「西根さま」

かゆい部分に手が届いてきたようで、高木も前のめりになった。そうしてその勢い

「いや、それよ」

と、未だ何も言わない西根のほうにも向き直った。

「いやまこと柊次郎の申しますよう、長く話を聞けば聞くほどに、米山家の輪郭とでもいいますものが、よけいにぼんやりとして判らんようになりまして……。家族の仲も決して悪い訳ではないようでございますのに、それぞれが米山家に対して『遠巻き』といいますか、『遠慮がち』と申しましょうか、つまりは誰も、あえて家督を欲しがらぬ風がうかがえましたもので」

「長男が出家をしたのが、そもそもの間違いであろうよ」

斬って捨てるように、西根が言った。

「『間違い』でございますか？」

詠信のした二十歳の覚悟に、高木は感銘を受けている。思いもしなかった西根の言葉に目を丸くしていると、そんな高木に止めを刺すように、西根は先をこう重ねた。

「武家の男子のくせに『仙人』がような真似をいたすゆえ、周囲までもがそれに引き

ずられて、家督に手が出せんようになったのだ」

「ですが次男は亡うなりましたし、三男も他家へと養子に……」

「さよう。そうして三人もいた跡継ぎの男子が次々におらんようになってしもうたゆえ、妹らまでが安易に手を出せぬようになったということよ」

西根は淡々と先を続けた。

「当時、次男が二十三で亡うなったということは、おそらく上の娘は十八で、次女とて十六になっていたであろう？　よしんば二人がすでに嫁いでおったとしても、三女に婿を取ればそれで済んだものを、皆がそろって婿取りできずにおったのは、長兄の『詠信』とやらに遠慮をしたからだ」

「たしかに長兄の出家の先は菩提寺でございますし、他寺よりは還俗するのもたやすいかと……」

横手からそう言ってきたのは、本間柊次郎である。

「まあ、そこよ」

どうやら本間が差し挟んだ合いの手が、お気に召したらしい。西根はにんまりと、いつものごとく口の片端を引き上げて話し始めた。

「困った時に出家の長兄を呼ぶほどだから、むろん次兄が亡うなった際にも、妹らの誰かが長兄に還俗を願ったであろう。そこを、意地か、遠慮か、はたまた僧侶に未練があったのかは知らんが、長男が頑固に米山家に戻らずにいたゆえ、おかしなことになったのだ」

「ではそうして皆で遠慮をしているうちに、『おもと』に手がついてしまったということで……?」

「いや、むしろ、逆であろう」

訊いてきた本間に首を横に振って見せると、西根は続けてこう言った。

「皆がみな遠慮して、いっこうに家督を継ぎたがらぬから、豊後守さまは隠居せず、お家を守ってこられたに違いない。お子を作られたのとて、米山家のためというのが、存外、本音やもしれぬぞ」

「……さようでございますね」

しみじみと、ため息まじりにそう言ってきたのは、高木与一郎である。

「私は、詠信和尚から出家の話が出ました際に、ついそのまま『二十歳の若さで偉いものだ』などと、安易に感心してしまいまして……」

「………」

西根が口をへの字に引き結んだのに気がついて、高木も本間も「これはもう西根さまに、嫌味か、皮肉か、からかいか、そのあたりを言われるに違いない」と、瞬時に覚悟したのだが、予想に反して西根の口から出た言葉は、こうしたものだった。

「偉くない訳でもなかろう。だがさすが兄妹らしく、欲のない者ばかりが見事にうち揃うてしもうたゆえ、二進も三進もいかなくなったということだ」

「はい。まことに……」

高木与一郎はうなずいて、目を落とした。

本当にたぶん「西根さま」のおっしゃる通りで、ああして詠信の話を聞いて違和感は感じていたというのに、その根っこが他ならぬ詠信の出家にあることを、自分は見抜けなかったのだ。

高木は五十名からいる徒目付のなかでも古参で練達な、いわゆる「利け者」の一人である。日頃は万事に気が利いて、他者の気持ちの裏側も、物事の先も読めるため、今日のように他者から何か言われるまで物事の真髄が判らないなどということは、ほとんどないのだ。

そんな普段があるだけに高木は落ち込んでいたのだが、そんな配下を見て取って、西根はぷつりと話題を変えて、本間のほうへと向き直った。

「して、御先手の庄田さまが側は、いかがであったのだ？」

「いやそれが米山家の話と比べますというと、こちらは逆で、いかにも『俗物』という風にてございまして……」

高木が自己嫌悪に陥っているのは、本間にも見て取れているから、わざと「俗物」なんぞといささか乱暴な物言いをしてみたのだが、どうやらその派手な物言いが、西根をむだに喜ばせてしまったようだった。

「ほう。『俗物』と申したか……」

西根は、愉快でたまらないという顔つきになった。

「して、どのあたりが俗物なのだ?」

「いや何と申しましょうか、格上には媚び諂うて、格下には威張り散らすという風で、組下の者たちにもあまり慕われてはおりませんようで……」

庄田征四郎も務める『先手頭』は、戦時には欠かせない飛び道具である鉄砲や弓矢に特化した部隊を率いる長官である。

今は弓組が十組、鉄砲組が十五組あるのだが、どの組も役高千五百石の『先手頭』一名の下に、直属の配下として役高八十石の『先手与力』が五、六名と、その下に役高三十俵二人扶持の『先手同心』が三十名くらいついていた。

この先手与力や同心たちは、先祖代々同じお役を務め続けている譜代の者たちであり、対して、それぞれの組の長官となっている先手頭は、城勤めの旗本たちがもっと格下の役職から出世をして手に入れる、役高千五百石もの高禄の職である。

つまり与力や同心たちは固定式で変わらないのに、長官だけが次々すげ換わっていく訳で、良い人物が長官に就けば、与力たちも同心たちも喜んで仕えるが、信頼できぬ人物が自分の組の頭となってしまうと、以前の頭や他の組の頭たちと比較をしたりして、愚痴や文句が出ることも多かったのだ。

今回、本間は先手鉄砲頭の庄田征四郎を調べるにあたり、「庄田組」の与力や同心たちの生の声を集めて、庄田の勤めぶりや人となりを判断しようと、庄田組の配下たちへの接近を試みたのである。

この本間柊次郎に限らず、目付方の配下である徒目付や小人目付たちは、要所要所で自ら変装をして潜り込み、内情を探ってくるのに長けている。

今回も、本間は酒好き・噂好きの渡り中間に扮して、庄田組の同心たちがよく使う飯屋や居酒屋に出入りして、彼らと顔見知りになり、あれやこれやと話を聞き出してきたようだった。

「何をされるにいたしましても、まずは目先の損得ばかりを重んじる庄田さまのご人格を鋭く見抜かれて、以前には庄田さまを『頼みの筋』から外されるお大名家もあったそうにてございまして、『あの頃は大名家が減るたびに、配下にまで八つ当たりをされたものだ』と、同心たちが酒の肴にいたしておりました」

頼みの筋というのは、大名家が幕府に何かを願い出たり、何かを報告したりしなければならない際に、その取り次ぎ役を務める旗本のことである。

養子縁組や婚姻話、藩主の隠居や家督相続などといった重大事項はむろんのこと、病や怪我で藩主が幕府の行事に出席できない際の報告なども、すべて「頼みの筋」の旗本を通して、幕府に届け出をしなければならない。

その取り次ぎ役の旗本は、今は合計で二十五名いる弓組と鉄砲組の先手頭たちのなかから「我が藩は鉄砲組の○○どのに……」というように、大名家がそれぞれに選んで、自分の家の頼みの筋として自由にお願いできることになっている。

大名家は全部で二百数十家以上もあるため、先手鉄砲頭の一人である庄田征四郎も、あちこちの大名家から頼まれて取り次ぎ役を引き受けていたのだが、以前、何家かの大名家が取り次ぎ役の解除を求めてきたことがあったそうだった。

「『以前』というのは、いつのことだ?」

西根が本間にそう訊ねたとたん、横で高木与一郎が小さく「あっ」と声を上げた。

「判りました、西根さま。私、急ぎ、番町の千野家のほうを調べてまいりまする」

言い終えると、高木は一人さっそく千野家の調査を始めるべく、目付方の下部屋を出ていった。

後に残されたのは、西根と本間二人きりである。

「あの、西根さま……」

話の意味が判らない本間柊次郎が、我慢できずに口を開いた。

「『番町の千野家』と申しますのは、一体どういう……？」

「ふ……」

と、西根が満足そうに、また口の右の端を引き上げた。

「豊後守さまの身柄を預かっておられる、養子に出したご三男『千野興三郎通義(みちよし)さま』がお屋敷だ。千野さまは、今は『普請方(ふしんかた)』でお奉行をなさっておられるが、普請奉行は『御先手』からの出世で就かれる方も多いゆえな」

「さようでございますね……」

米山豊後守の三男がもし本当に前職で先手頭を務めており、その当時に何ぞか庄田征四郎と揉め事のごときがあったとすれば、それが原因(もと)で庄田に悪い噂でも流されているのかもしれなかった。

「西根さま。なれば私も高木さまと手を分けて、そのあたりのことを……」

「うむ」

と、「西根さま」の正式な許可が出たのを確認すると、本間柊次郎は急ぎ先輩の高木のもとへと向かうのだった。

八

はたして米山豊後守の三男・千野興三郎通義は、西根たちの予想の通り、つい半年ほど前までは『先手弓頭』の一人であった。

千野興三郎は当年とって、まだちょうど四十であるそうだから、役高二千石の普請奉行にまで上がってきたというのは、「快挙」といえる出世ぶりである。

その千野と庄田との間に、何ぞ揉め事や確執のごときがないかどうかを探るため、例によって高木と本間は配下の小人目付も数名使い、酒好きの渡り中間の体で夜の酒場をうろついていた。

なぜこうしてわざわざ「渡り中間」を名乗っているのかといえば、酒場にたむろしている中間や陪臣ら武家奉公の男たちに、こちらから話しかける際に、「自分は渡りの中間で、今も奉公先を探しているところなんだが、どこぞ良いお武家さまを知らないか？」と、ごく自然に話題（はなし）を持っていくことができるからである。

だが今日は少しばかり趣向を凝らせて、高木与一郎を「口入屋（くちいれや）の手代（てだい）」とし、その手代が商売の種に大名家や旗本家のお家事情を聞きたがっているという触れ込みで、酒場の男たちに声をかけていた。

一方、本間はいつもの通りの、「人懐っこく調子のいい、渡り中間」という役どころである。

だが今日は本間の渡り中間も、ちと込み入った設定になっており、口入屋から金をもらって高木扮する手代が商売に役立つ話を仕入れられるよう、手代の犬として働くという役で、

「あの口入屋の旦那が、ちっとあれこれご商売に繋がる話を集めておいでですよ。よけりゃァあっちで、たんと酒も肴もおごるから、話を聞かせちゃくれねえか」

と、一足先に酒場の男たちに声をかけてまわっていた。

今、高木と本間がまわっているのは、千野興三郎の屋敷がある番町からも遠くない麹町（こうじまち）の繁華街である。

東西に長い大通りに沿って広がる麹町は、一丁目から十三丁目までが延々と連なる広大な町場で、大通り沿いにも、横道を入った裏手にも、いくらでも安手（やすで）の飯屋や居

酒屋があるため、話を聞けそうな男たちのいる店を選ぶことができる。

他の配下たちもあちこちに散らばって酒場の男たちのなかに入っていったが、なかなか思うようには千野家を知っている者に行き当たらず、昼頃から最初は飯屋を狙って始めた聞き込みも、すでにすっかり夜の風情になっていた。

居酒屋も、さすがにちらほら閉まりかけてきた夜半すぎのことである。とうとう高木と本間の二人組が、千野家に長く雇われているという中間を引き当てたのである。

「では千野さまは、もとはご家禄が八百石のお家だったのでございますか？」

高木が商家の手代らしく、ていねいな物言いでそう言うと、もう五十半ばはとうに過ぎているのであろう中間の男は、

「そうそう」

と、何度も大きくうなずいてきた。

「とにかく今の殿さまが、ものすげえお方でよ。最初はたしか書院番か何かにお入り(へえ)なすって、そっからどんどん出世して、今じゃもう、泣く子も黙る普請奉行さまよ。ご家禄だって、もとの倍の千六百石におなりでな」

役高二千石の普請奉行は、幕府で行われる土木工事のいっさいを掌(つかさど)る役職で、「泣く子も黙る」というような怖い存在でもないのだが、とにかく男に調子を合わせ

て会話を弾ませないことには、何も聞き出すことができない。

「ほーお」

　と、本間は、大袈裟に驚いて見せた。

「ご家禄までが上がるなんざァ、大(てえ)したもんだぜ」

　まあたしかに普通であれば、どの役においても役職についている間だけは『役高』として禄が支給されるのだが、その役を離れれば、禄はもとの家禄の分だけになってしまうのが通常なため、家禄自体を上げてもらえるということはなかなか難しいことではあった。

「本当に四十ちょうどで普請奉行におなりだなんて、大層なご出世でございますな」

「おうよ」

　自分の殿さまが自慢で自慢で、仕方ないのであろう。もうだいぶ深酔いしているのも手伝ってか、本間と高木二人から殿さまを褒められて、ご満悦のようだった。

　その中間の男に、本間はわざと鎌をかけて言ってみた。

「けど何でもご実家の父上さまが、江戸城(おしろ)で殴り合えの喧嘩をしちまったとかで、大(てえ)変(へん)なことになってんでごぜえやしょう？　そのとばっちりが、実の倅の千野さまのほうにもきやしやせんかねえ」

「…………」

本間に言われて、中間は一気に酔いが醒めた顔つきになったが、やはり主家の醜聞になりかねないことについては、何も言いたくないらしい。急に沈黙を決め込んだ男の口を開けさせるため、横手から高木与一郎が救いの神になって、こう言った。

「大丈夫でございましょうよ。先日の一件でございましたら、私も話に聞いて存じてはおりますが、もとより米山さまと千野さまとは、すでにお家が別でございますし、米山家の跡取りというならいざ知らず、他家のご当主の千野さまには関わりはございますまい」

「そうしたもんでごぜえやすか？」

喰いつくように訊いてきた男に、高木はにこやかにうなずいて見せた。

「はい。おそらくは……」

「…………」

ほっとしたのであろう。男は顔を緩ませて、小さく息を吐いている。

「いやア、よござんしたねえ」

男の様子を見て取って、本間は何かもう少しこの中間から聞き出せないものかと、またも揺さぶりをかけ始めた。

「だが何てお言いやしたか、その御先手のお旗本ってえのも、ずいぶんとまあ嫌なことをやりなさる。ああした噂を流されちまっちゃ、やっぱりねえ……」

　と、実際には庄田が流した噂の内容が判らないから、お茶を濁した形で本間がそう言った時である。

「あんななァ嘘っぱちだ！　うちの殿さまは、誓ってそんなことをなさるお方じゃねえんだ。お大名家に金をせびってそれで出世をしようだなんて思ってんのは、てめえだけだってんだ、こんちくしょうめ！」

　怒りに任せて口走ってしまってから、ハッと気がついたのだろう。男は急に顔色を青くして、目をそらし、すっかり黙り込んでしまっている。そうしてやおら立ち上がると、突然に言い出した。

「じゃあな。馳走になっといて勝手だが、俺ゃァ明日も早えんだ。悪いが、帰らしてもらうぜ」

「えっ、何だい？　急にどうした？」

「…………」

　本間が声をかけたが、男は答えず、もうこちらとは目も合わせない。

　それでも一応ひらひらと、後ろ向きのまま手を振ってきたところが、男の素直さや実直さを表してはいるのであろう。

　酔ってもたつきながらも急いで逃げていく男の背中に聞き込みの成果を確信して、高木と本間は互いに目を合わせるのだった。

九

　翌朝、高木ら二人が西根のもとに報告を上げてから、まださほどは経たない昼下がりの時分のことである。

　普請奉行の千野興三郎通義、正規の呼び名では「千野常陸守(ひたちのかみ)さま」から目付部屋に宛てて書状が届き、

『こたびの実父・米山豊後守が一件につきまして、是非にもご担当の西根どのにご会談を願いたく……』

　と、正式な申し入れがあったのである。

　会談の場は『中之間(なかのま)』と呼ばれる大座敷で、この中之間なら日頃から儀式や行事の際に、普請奉行も目付たちも控えの間としているため、問題なく使用することができるのだ。

万が一にも他者に盗み聞きをされないよう、部屋の四方を、本間や小人目付たちに見張らせた上で、高木与一郎ひとりを中之間の隅に控えさせ、千野常陸守を上座に、西根のほうは下座にと位置して、会談が始まった。

「実は今朝方、拙家の家臣の中間より急な報告が入りましてな。何でも昨晩、麹町の酒屋にてどこぞの口入屋の者らに声をかけられ、こたびの庄田どのとの一件について、ご城内での事件だというに、うっかりあれこれ喋ってしもうたそうにてござりまして……」

千野常陸守はそう言って、あくまでも目付方への報告という形を取ったが、視線はさっきからちらりちらりと、座敷の隅に控えて座している高木与一郎のほうへと注がれている。

そんな千野常陸守の目線に気がついて、西根は何ほどもない顔をして、つるりと、こう白状した。

「その口入屋にてございましたら、ここな徒目付の『高木』と申します者と、室外におります『本間』と申す者にてござりますれば、どうぞご安心のほどを」

「いややはり、さようにございましたか……」

たぶん昨日の中間から、「口入屋」の年格好や顔かたちについてを、くわしく聞いてあったのだろう。千野常陸守は、今度は何の遠慮もなしに、しげしげと高木与一郎を振り返って眺めてきて、高木の側は西根に正体をあばかれて恐縮しながら、改めて常陸守に向けて平伏する次第となった。

「して、昨晩もお調べの、喧嘩騒動の種となりました『くだんの噂』についてでござりまするが……」

「はい。謹んで、お伺いをいたしましょう」

居住まいを正して目を合わせてきた西根にうなずいて見せると、千野常陸守は静かに話し始めた。

「新たに奉行に任じられて普請方へと移りましてより、主には御先手の頃のご同輩の皆々さまの間で、『それがしが他者より多く諸大名家から付け届けのごときをもらい受けて、それを元手に諸方に賄賂をば配り歩いて、奉行の座を手に入れた』と、まことしやかに噂が広まってござりましてな」

「ほう……。さようなお噂でございましたか」

西根はわざとらしく目を見開くと、続けて言った。

「しかしてご城内におきましては、さような噂は、いっこう出てはおらぬようにてござりまするが……」

噂の内容を調べるべく、西根自身も下馬所に自家の家臣を幾人も放って聞き込みを続けていたから、ついこうした口も出る。その不平に続けて、

「ああ、いやなるほど……」

と、西根はいささか辛辣に、こう言った。

「つまりは皆さま、痛くもない腹を探られぬよう、他役にまで漏れぬところの御先手の内のみで、『ああだ、こうだ』と出世を妬んでいなさるということにてございますな」

先手頭は、それぞれ諸大名家に頼まれて「幕府との取り次ぎ役」を請け負っているから、年中あれやこれやと担当の大名家から付け届けが届いて、なかには品物だけではなく、はっきりと金子の形で、取り次ぎのお礼を渡してくることも少なくはないのである。

そのお礼や盆暮れの挨拶のたぐいを、「ただの付き合い」と取るか、「賄賂」と取るかについては判断が難しく、それゆえに御先手内でも、こうしたことになっているのであろうと思われた。

「いや……。拙者がそれにうなずいてしもうては、ちとさすがに、語弊も障りもござろうが……」

見れば千野常陸守は、すでに笑ってしまっている。

とはいえその笑顔には、驚くほどに屈託も衒いもなくて、ただ、さっきの西根の物言いがあまりにあけすけであることに、つい噴き出してしまったという風だった。

そんな千野常陸守のなかに、米山家の長男より次々に兄弟姉妹たちに繋がっている穏やかさや、優しさや、素直さを見つけた気がして、西根はふっと笑顔を出してしまいそうになって、危ういところで押し止めた。

「僻みも嫉みも、まあどのみち世の常にてございますゆえ、お気になさらずがよろしゅうございましょう。こたび一件の調査を任じられました私・目付が、さように申しておりましたことを、是非、ご尊父さまにもお伝えいただきたく……」

千野常陸守の昇進が他者よりも早いのは、この人好きのする性格と、裏表のない実直さに起因するものなのであろう。おまけに周囲の状況を見て、一等良きように処する頭の良さも兼ね備えているのだから、本間に「俗物」と評された庄田征四郎が、端から敵う訳はないのだ。

そうして西根がもう一つ、今更ながらに気づいたのは、たぶんこうした米山家独特の性質は、父親である米山豊後守のなかにも同様にあるのだろうということだった。

「生まれは五代・綱吉さまの御世の元禄三年……」と、豊後守は自己を紹介してそう言っていたが、齢八十になっても現役を通していられる理由の大きな一つに、豊後守自身がこれまでずっとたぶんどこでも周囲に好かれていて、「いつまでも現役を続けて欲しい」と、そう思われていたからに違いないのだ。

あの日、菊之間で訊問した際には、豊後守は物言いも尊大で、ひどく頑固な印象の人物であったが、あれはおそらく何とか自分の三番目の息子を守ろうとして、庄田征四郎に対しても、幕府側の西根に対しても、精一杯に身構えていたからだったのであろう。

まだ一度、会話をしただけの米山豊後守を思い出していると、そんな西根に、

「お心遣い、まことにもってかたじけない……」

と、前で千野常陸守が、低く頭を下げてきた。

「父は我が屋敷に『預け』の身となってより、もう幾日も経ちますというに、いくら私が諍いの理由を訊ねても、『おまえには、いっさい関わりのなきことだ』と申すばかりで、いっこう何も話してはくれませんでな……」

とはいえ、そもそも「実は今、興三郎さまが、いわれのない悪い噂を立てられておりまして……」と、実家の米山家に届け物に行ったついでに、つい相談とも愚痴とも取れる世間話をしてきたのは、千野家の用人であったという。

「それゆえ父が庄田どのと揉め事を起こしたと聞いた際にも、くだんの噂が原因(もと)であろうと、すぐに察しがついたのでござるが、改めて父に訊ねましても頑(がん)として答えずでござってな……。もしやして父はどこぞで私のことを信じきれずに、迷うておるのやもしれませぬ」

「はい。おそらくは、さようにございましょうな」

「…………！」

自分で言ってはみたものの、まさか西根に肯定されるとは思ってもみなかったのだろう。千野常陸守は愕然として物も言えずにいるようであったが、その常陸守に、西根は続けてこう言った。

「私は『和尚さま』にはお会いいたしておりませぬが、まずは和尚さまから始まって、米山のお家の皆さまは何につけ、お優しすぎるのでございましょうな」

「『和尚』と申されるのは、長兄の詠信のことで？」

「はい」

と、西根はうなずいて、その先を断じて言った。

「ご嫡男のお兄上が自ら家督を放棄され、次兄のお方がご不運にも急逝をなされて後は、おそらくお父上もお姉上の皆さまも『互いに相手を慮(おもんぱか)って、己がほうから身を引いて……』と、それがすっかり当たり前となり、満足に身動きもできずにおられるのでございましょう。たしかに皆さまお優しゅうはございますが、高じれば、やはり逃げ癖もつきますものかと……」

「……さようにござるな」

千野常陸守はそう言って、ひどく深いため息をついた。

「私は四つの頃に、遠縁の千野家へと婿養子に入りましてな。一つ歳下の妻とは兄妹同然に育ってまいりましたゆえ、今は亡き千野の父と母とがまことの両親のごとく、本当によう愛しんでもらいました。それゆえ必定、実家のことは、万事、遠巻きになっておりまして……」

ああして父の豊後守が隠居をせずに現役でいることも、「跡継ぎとする四男が長じるまでは……」と頑張っているのだろうと、つい遠目に漫然とそう思っていただけであったが、今こうして改めて考えてみれば、八十を超えて現役を続ける理由はそれだけではないのかもしれなかった。

「四男の丈四郎は、二十二になっておりまする。すでにもう十二分に長じておりますのに、未だ家督を譲らずにいる父の心の内には、長兄や私や姉たちへの遠慮があるのやもしれませせぬな」

「はい」

と、西根がまたもはっきりとうなずくと、千野常陸守は、そんな西根と改めて目を合わせて、ふっと笑顔になった。

「いやまこと、何やらさっぱりといたしましたぞ、西根どの。こたびが一件も、今日、下城をいたしましたら、私がほうから喰い下がりまして、噂のことも何もかも、父とすべてを話し合うてみるつもりでござりまする」

「はい。それは重畳……。なれば拙者は少しく待たせていただきまして、豊後守さまのお気持ちがやわらこうなられてから、また改めてお話を伺いにまいりましょう」

「ははは……」

とうとう声を上げて笑い出して、千野常陸守はこう続けた。

「貴殿のようなお方が一人でも兄弟におれば、話は楽にござりましたな」

「…………」

常陸守のことだから、むろん嫌味や皮肉の要素は毛ほどもないに違いないが、西根がこの台詞を言うならば、それははっきり嫌味であるから、言われたこちらは複雑である。

めずらしく困った風を見せている「西根さま」の横顔に、ひとり部屋の隅で高木与一郎は、必死で笑いをこらえるのだった。

十

「待つ」と断言した西根が、再びこの案件の訊問をし直したのは、数日後のことである。

もとより城内での有事としては、しごく些細な事件であり、喧嘩の際に周囲に多く他者がいて、刃傷沙汰にならないうちに二人を引き剝がしてくれたので、米山豊後守も庄田征四郎も、実際、幸運だったのだ。

さすがに庄田は豊後守には手を上げず、逆に殴られた庄田の顔の痣も、一ヶ月もする頃には目立たぬほどに治ったため、城内で喧嘩騒動を起こした罪も軽く済み、双方、月番の老中からの「屹度叱り」だけと相成った。

だが目付の西根としては、この案件で一番に気になっているのは、諸大名家が担当の先手頭に渡してくる「付け届け」についてである。

こたびの一件で明るみに出た通り、先手頭たち自身も大手を振って受け取ることができないほどに、大名家よりの付け届けが過剰な代物になっており、「このままに放っておく訳にはいくまい」との判断になったのである。

今も目付方の下部屋に「ご筆頭」をお呼びして、取り次ぎ役の先手頭と大名家の関わりようについて話し始めたところであった。

「付け届けの品物や額につきましては、こたび千野常陸守さまと庄田さまにも改めてうかがいまして、いつ、どれほどの金品をもらったものか、相調(あい)べてまいりました」

西根がそう言って十左衛門へと差し出してきたのは、いつ、どこの大名家から何を付け届けとしていただいたかを書き取った、幾枚かの書付(かきつけ)である。

千野と庄田の両家が記録として書き取ってあったものを、高木や本間が書き写してきたものであった。

「ほう。これはまた、何とも赤裸々な……」

書付を読み進めながら十左衛門が目を丸くしていると、

「なかなかに面白うございましょう？」

と、西根が横で自慢げに、にんまりとしてきた。

「養子縁組や婚儀願いの取り次ぎの礼が、こうして押しなべて高額と相成っておりますのは致し方ないかと存じまするが、何といっても目を引きますのは、この庄田家の書き写しにございます『大番頭(おおばんがしら)』への就任の取り次ぎの礼にてございまして……」

大番頭というのは、将軍直轄の部隊である『大番方』という武役の長官のことである。

役高五千石の『大番頭』一名の下に、役高六百石の『大番組頭』が四名と、その下に『大番』と呼ばれる平の番士が五十名、さらに御家人身分の『大番方与力』が十名に、『同心』も二十名がつき、都合、一個隊が八十五名にもなる。

この総勢八十五名の大番組が「一組」から「十二組」まであるのだが、この大番方はそもそも神君・家康公をお守りすべく作られた幕府最古の部隊であるため、大番方の頭となって幕府に仕えるのは、大変な名誉なのである。

正式な役高としては五千石ではあるのだが、一万石程度の小大名ならば『大番頭』に就くことができるため、このお役を足がかりにして、『寺社奉行』や『京都所司代』、ひいては『若年寄』や『老中』といった、大名が就く役職の最高峰を狙おうとする者は後を絶たなかった。

そんな大番頭への就任取り次ぎの御礼であるから、実際「ほう……」と十左衛門が目を丸くするような高額の礼金と高価な品々の記録が、庄田家の備忘録として残されていたのである。

「したが、ようこれほどの記録を、目付の貴殿に見せてきたものだな……」

　十左衛門が感心してそう言うと、西根は「ご筆頭」に褒められて、つい素直に嬉しそうな顔つきになった。

「先手頭が『大名家と幕府の間の取り次ぎ』を任されておりますことの元来(もとより)の意味合いを、ちと論じて聞かせただけにてござりまする」

「ん？　西根どの、そりゃ何だ？」

「はい……」

　と、西根は得意げに説明をし始めた。

「そも御先手は、戦においては先鋒を務める者にてござりますゆえ、つまりは、いつ『敵陣』となるやもしれぬ諸大名家のお屋敷に乗り込んで、幕府の伝令を相務めたり、和議を取り結んだりと、双方の繋ぎを果たしますのがお役目……。その幕府の代理に、諸大名家が礼を示してくることが何の障りとなりましょう？　堂々と報告をいたせば済むことで、隠せばかえって『やましきところがあるのではないか』と疑われることにもなりかねませぬぞと、庄田さまにも、そう申し上げただけにてございますので」

「…………」

　と、十左衛門の口元が、見る間に緩み始めた。

「いや、なるほど……。まこと貴殿の言う通り、御先手の取り次ぎは『平時の先鋒』

にてござろうな」

「はい」

西根はいつもの西根らしく、にんまりと口の右端を上げている。

その西根の活躍に、十左衛門も応えて、こう言った。

「なればさっそく明日にでも、この書き写しをば携えて、御用部屋に上申に行かねばなるまいな」

むろん、これ以上の過度な付け届けを取り締まってもらえるよう、意見を申し上げに行くのである。

「ですが、ご筆頭。今この時期に御用部屋にお顔を出されるというのは、剣呑にてございましょう？」

そう言ってきた西根は存外に、本気で案じる顔つきになっている。

今ここは下部屋で、余人もおらずに「西根どの」と二人きりということもあり、

「うむ……」

と、十左衛門も本音を出した。

「未だ『出世』の返答を、お出しせずにおるゆえな」

そう言って苦笑いになった十左衛門に、西根はめずらしくも、自分からはっきり目

を合わせてきた。

「『昇進』なんぞ、毛ほどもされたくないのでございましょう？　これまでと同様に、お断りはできませぬか？」

「うむ……。実はもう、一度は断ってみたのだが、なにせこたびは『勘定方への建白』があるゆえな。推薦人の水野さまはむろんのこと、右京大夫さまや周防守さま、主殿頭さままでが一丸となられて、『おまえが内部から勘定方を変えろ』と、許してはくれぬのだ」

「経費の軽減は是非にもしたいが、勘定方を一から直すのは至難の業と、上つ方も重々ご承知でおられましょうからな。この際、ご筆頭に丸投げをしてみれば、もしやして勘定方をガラリと変えてくれるやもしれないと、そう思うておられるのでございましょうが……」

「勘定方は門外漢ゆえ、儂ではなく佐竹どのが行かれれば、少しは……」

もごもごと口のなかでそう言った十左衛門を、西根は横で一喝した。

「何をおっしゃいます。いざ行かれれば何とでも、改革に日々邁進なされることにてございましょうが、そんなことより、ただ単に目付部屋から出られたくないのでございましょう？」

「うむ……。いや、それよ」

「………」

　と、西根がまるで子供を叱るかのように眉を寄せ、十左衛門はそれを見て、やけに晴れ晴れと笑い出した。

「いや西根どの、恩に着る。こうしてはっきりと口に出したら、幾分か気が楽になったぞ」

「さようで？」

「ああ」

　そう言い合って目と目を合わせたとたん、西根がとうとう我慢できずに相好を崩した。

　本来の西根の人の好さが笑顔に出てしまってはいるが、今ここは十左衛門と西根の二人きりの下部屋である。

　お互いに、日頃の無理を一時忘れて、二人は伸び伸びと笑い合うのだった。

第三話　先祖供養

一

明和(めいわ)六年（一七六九）も十月の半ばになった。

つまりは、あと二ヶ月(ふたつき)あまりで今年が終わってしまうということで、それはいよいよ十左衛門が「自家の若党である飯田路之介を、手放さなければならない」ということを意味していた。

路之介は、罪人の息子である。

家禄二百石の無役の旗本であった路之介の父親は、自分本位で情(じょう)のない冷酷無比な人物で、当時「路之介」といううれっきとした跡取り息子がいるにもかかわらず、その路之介を病死したことにして幕府に『廃嫡届(はいちゃくとどけ)』を提出し、多額の持参金欲しさに、金持ちの遠縁の武家から養子を取ったのである。

　幕臣武家がこうして幕府を謀って、不当に養子縁組をしたり、家督相続をしたりするのは重罪で、そうした不正が明るみに出た場合には、首謀者は死罪、家はもちろん取り潰しとなる。

　事実、その飯田家の一件の際にも、路之介の父親と、持参金つきで養子に来た当時三十七歳にもなっていた男や、その放蕩息子を金で無理やり養子に出した遠縁の家の隠居は、三人揃って『切腹』となり、飯田家もその家も『御家断絶』と相成ったのだが、そうした幕臣武家には、さらなる厳罰が与えられることになっていた。

　切腹となる幕臣の息子たち、つまり飯田家においては本来の嫡男である路之介と、遠縁の家においては隠居の長男が、それぞれ父親の罪の『連座』で、『遠島（島流し）』とならねばならなかったのである。

　それゆえすでに遠縁の家を継いでいた四十二歳の長男は、八丈島に島流しとなったのだが、当時まだ十一歳だった路之介には「幼少者の刑の執行を猶予する幕府の法」が適用されて、十五歳になるまでは島流しにならずに済んでいたのである。

　だが明和三年（一七六六）の事件当時、十一であった路之介も、明和六年となった今では、十四歳になっている。あと二ヶ月あまりが過ぎて年明けを迎えると、いよいよ本当に「島流し」となってしまうのだが、それを免除してもらえる方法が一つだけあった。

十五歳を迎える前に出家して、どこかの寺の僧になってしまえば、「父親の犯した罪を生涯かけて償うために、出家をした」として、島流しにならずに済むのである。

そうした一連の事情を話して聞かせるべく、十左衛門は路之介を自分の居間に呼び出して、余人を入れず、二人きりで話し始めたところであった。

「承知いたしました」

一通りを聞き終えて、路之介は静かにそう言ったものである。

だが見れば、顔つきは、やはりさすがに強張(こわば)っていて、次の言葉も出てこずにいるらしい。

そんな様子を見て取って、十左衛門は自分の心の内を、あけすけに白状し始めた。

「これほどに差し迫るまで言い出せず、まことにもって相すまぬ。したがな、あまり早くに話してしまえば、そのますぐに出家が決まり、おぬしがこの家(や)を出ていってしまうやもしれぬとそう思うて、なかなか口にできんでな……。結句(けっく)、肝心のそなたにとっては、あまりにも急な話になってしもうたが……」

「いえ、その……。お言葉、嬉しゅうございます。有難う存じまする」

十左衛門の本音が耳に入って、ようやく少し、いつもの自分を取り戻してきたのであろう。路之介は目を上げて、きちんと十左衛門と顔を合わせて話をすることが、できるようになったようだった。

「あの、笙太郎さまには、すでにもうお話しに？」

「いや。儂はまだ話してはおらぬが、どうやら妹尾家に養子に来る前から、すでに知っていたらしい。おそらくは実家で、『咲江』からでも聞いたのであろうよ」

「さようでございましたか……」

咲江というのは、十六の歳に他家へと嫁していった十左衛門の妹のことである。笙太郎は、その咲江が産んだ三男であった。

「すまぬな、路之介。やはり、当のそなただけが知らされておらなんだというのは、納得もできかねような」

「いえ。さようなことは、いっこう気にいたしてはおりませぬ。ただもし笙太郎さまが、これからお知りになられるのだとしたならば、どんなにか驚かれようと思いましただけで」

「さようさな。まあ、あやつのことだから、今となって初めて知れば、大騒ぎをいたすに違いなかろう」

十左衛門がそう言うと、路之介はようやく少し笑顔になったが、その笑みにもすぐに寂しげな影が差した。

「この先も生涯こちらでご奉公をさせていただいて、年老いましても、ずっと笙太郎さまのお側近くでお護りをと、さように思うておりましたので、それが残念ではございますが……」

「うむ……」

十左衛門も、いよいよ胸の奥が詰まってきたが、まだ話さねばならない大事なことが残っている。

「して、路之介」

と、十左衛門は一膝、身を乗り出して、こう続けた。

「入門いたす寺のことだが、もしそなたに異存がなくば、妹尾家か飯田家の菩提寺あたりがどうかと思うてな……。実はどちらの菩提寺にも、すでに話は通してあるのだ。有難くも、双方ともにご住職さまは、『そなたであれば、是非にも……』とそう言うてくださったゆえ、じっくりと考えてみてくれ」

「はい。お有難う存じまする」

路之介は改めて頭を下げると、主人の居間から退出して廊下に出た。

「……路之介どの」

　と、そんな路之介に横手から声をかけてきたのは、十左衛門の義弟である橘斗三郎である。

「あ、斗三郎さま」

　斗三郎の顔を見つけた次の瞬間、路之介は自分でもそうと気づかぬまま、駆け寄っていたのだが、この「斗三郎さま」と二人でいると、いつも気持ちが安らぐことが、今日ばかりは裏目に出たようだった。

「うっ……」

　と、喉(のど)の奥から小さく込み上げてきたとたん、もうどうにも涙が止まらなくなってしまったのである。

「……あ、相すみませぬ。あの……、わたくし……」

「大丈夫でござる。ここにて、すべて聞いていたゆえ、お気になさるな」

　そう言って斗三郎は、路之介の泣き顔を隠すように、抱き留めた。

　路之介は、精一杯に嗚咽(おえつ)を押し殺しているのだが、涙はどうしても止まらない。

　その路之介を両手で抱いて、斗三郎はいつまでも黙ってやっているのだった。

二

それから幾日かが経ったある朝のことである。

江戸城の外堀に架かる『呉服橋』のたもとのあたりに、女人らしき遺体が浮かんでいるのが発見された。

堀のなかにうつ伏せになっているところを最初に見つけたのは、その日、呉服橋の警固をしていた門番大名家の家臣たちである。

その後ただちに門番家から、本丸御殿の玄関脇にある徒目付番所へと報せが入り、番所に詰めていた徒目付の一人・梶山要次郎が数名の小人目付たちを引き連れて、急ぎ現場に出張っていった。

「徒目付の梶山要次郎でござる。して、どちらに？」

「あちらにてござりまする」

門番の頭役と見える藩士の案内で、『呉服橋御門』を抜けて橋を東側へと渡り始めると、なるほど橋の途中から、堀の水面に人がうつ伏せのまま浮かんでいるのが見えてきた。

「いかがいたしましょう、梶山さま。やはりご定法の通りに、『突き流し』をばいたしまして、堀の外に？」

「うむ……。まこと可哀相ではござるが、それしかなかろうな」

　突き流しというのは言葉の通り、「堀の岸辺から、長い棒か何かで突ついて、堀の外側の水路へと流し出してしまう」ことで、そうはいっても実際には、お城の堀から横手に続くただの川や掘割まで突き流しておいて、そこでゆっくり引き上げの作業に移るというのが通例であった。

　なぜわざわざそんな面倒な手順を取るかといえば、江戸城の曲輪内で縁起の悪いものを引き上げることができないからで、これまでも野犬などの動物の遺体が堀に浮かんでいたことがあり、そうした際に行われているのが「突き流し」から始める一連の引き上げ作業なのである。

　呉服橋を渡った西側の一画は、俗に「大名小路」と呼ばれる武家町で、老中や若年寄といった幕府高官の上屋敷のほかにも、南・北の町奉行所や評定所などが建てられている。

　そうした重要な施設を護るため、この一画は城の延長のように堅固な塀でぐるりと囲まれており、堀の護岸も石垣で固められている。こちらの岸から突き流しをするのは無理であった。

「やはり、この橋の上から突くよりほかに、なかろうな……」

「はい。番所にあります長棒（ながぼう）が、届けばようございますのですが……」

「うむ」

それからが、実際、大仕事であった。

心配していた長棒の尺はじゅうぶんで、この橋の上からでも棒の先は届いたのだが、やはり人間（ひと）一人の身体は重く、棒の先で軽く突ついてみたところで、どうなるものでもない。

実際に長棒を操っているのは、門番家の中間（ちゅうげん）たちなのだが、三名ほどで懸命に動かそうと思っても、なかなか思うようにはいかないようだった。

「痛いであろうと、遠慮をしているから駄目なのだ。可哀相でも、もう少し強く突いてみよ」

門番家の番頭（ばんがしら）が命じて、皆が思いきって強く突くと、ようやくに女人は流れ出して、まだ外堀のなかである『呉服橋』のたもとから、町場の川である『一石橋（いっこくばし）』のほうへと流れ着いた。

「やっ、今だ！　これ以上は突つかず、ここで上げてしまったほうがよろしかろうて」

梶山が先導してそう言うと、そのまま番頭の音頭で、女人の引き上げが始まった。

北鞘町という川沿いの町場の岸で、何とか無事に引き上げてみると、存外にまださほどには汚れてはおらず、入水してからあまり時が経ってはいないようである。

「着物や髪の具合を見るかぎり、これは武家の女人でございましょうな」

話しかけてきた番頭に、

「さようにござろうな……」

と、梶山もうなずいて見せた。

「武家の者となれば、このまま目付方で預かろう。ちと人手を集めてくるゆえ、しばしの間、見張りをばお頼みいたしてよろしいか」

「ははっ」

こうして江戸城の外堀に浮かんだ武家らしき女人は、目付方の梶山の預かりとなったのであった。

三

女人の身元は、容易に知れた。

引き上げの一件のあった翌日には、上山尋太郎と名乗る家禄四百石の無役の旗本が「自分の妻かもしれない」と、本丸御殿玄関脇の徒目付の番所へと申し出てきたのである。

くだんの女人の亡骸は、すでに昨日のうちに、城からもさほど遠くない円乗院という寺に預かってもらっている。

徒目付番所から急ぎ目付部屋へと報せにきたのは梶山要次郎当人で、すでに昨日、一件の報告を受けていた十左衛門は、梶山の案内のもと、くだんの「上山尋太郎」という旗本を伴って、円乗院へと向かった。

「間違いございません。妻の冨季江にてござりまする」

変わり果てた妻女を前に、声を詰まらせたのは上山尋太郎である。

身元の確認が済むまでは荼毘に付すことはもちろん、あまり見た目の様子を変えてしまうこともできないため、「冨季江」というその女人は軽く衣服を整えられただけで、ほぼ発見時のままになっており、下座敷（厚手に織られた茣蓙の敷物）を幾枚か重ねた上に寝かされて、筵をかけられている。

それでもこちらに運んできた時に、この寺の住職が「このまま待たねばならぬにしても、あまりに可哀相だから……」と、亡骸を寝かせた側に線香のほかにも花やら飯やら菓子やらと、精一杯にお供えをしてくれていて、その心尽くしが唯一の救いとなっていた。

そんな心尽くしに気づいているのかいないのか、夫の上山尋太郎は、妻の頰にばらけて邪魔に貼りついてしまっている髪を、少しずつていねいに、そっと剝がしてやっている。

たぶん上山は二十五、六で、妻女はそれよりは少し下の二十二、三というところであろうか。よくよく眺めてみれば、その妻女はしごく顔立ちが整っていて、生前はどんなにか器量良しであっただろうと想像できるほどだった。

「上山どの。すまぬが、ちとご事情をば伺わねばならぬ。よろしいか？」

「はい」

妻女の頰から手を離すと、上山は十左衛門のほうへと向き直り、居住まいを正してこう言ってきた。

「冨季江は入水いたしたのでございましょう。お手数をばおかけいたしまして、まことにもって申し訳もございませぬ」

上山は床に両手をついて深々と頭を下げてきたが、目付方としては、まださすがにそれをそのまま鵜呑みにする訳にはいかない。十左衛門は言葉を選びながら、訊問をこう続けた。

「そうもはっきり言われるということは、やはり何ぞかご妻女にご自害の理由がおありと申されるか？」

「はい」

と、上山は断言して、やけに真っ直ぐ十左衛門（こちら）と目を合わせてきたが、さりとてそれ以上を自分から言うつもりはないらしい。十左衛門はしばし上山からの答えを待って黙っていたが、いっこう埒（らち）が明かぬため、仕方なくまたこちらから攻めてみることにした。

「なれば、お話しいただこう。ご妻女は、何ゆえにご自害を……？」

「申し訳ございませんが、これは家政（かせい）のことにて、ご勘弁くださりませ」

「…………！」

と、十左衛門は眉を寄せた。

自分から「妻は自害だ」と断言をしてきたくせに、今度は一転「理由は言えぬ」とはっきり突っぱねるとは、なかなかの度胸ではないか。

とはいえ、この上山が妻女を心から愛おしく思っていることだけは確かである。つい さっきも上山は、妻の頬に貼りついていた髪を少しずつていねいに剝がしてやっていたのだが、すべて剝がしたそのあともずっと髪を撫で続けながら、精一杯に目を見開いて涙を止め、鼻を膨らませて嗚咽をこらえてと、人前で泣き出しそうになるのを必死で我慢していたのだ。

十左衛門自身も、愛妻の「与野（よの）」を亡くしているからよく判る。悲しみや悔しさで半ば自暴自棄になってしまっているから、こうして何かと荒れた物言いをしているのである。たった今、愛妻の死に顔を見たばかりのこの男に、これ以上、無理に何かを喋らせようとしたところで、かえって荒れて意固地になるに違いないのだ。

「さようでござるか。なれば、これにて失礼いたそう」

スッと一気に身を引いて見せると、だが十左衛門は最後に脅して、こう言った。

「けだし上山どの、なにぶんこれは人間（ひと）一人が亡うなっておられる一件だ。目付方（こちら）もこれで手を引ける訳ではござらぬゆえ、さようお心得を……」

「…………！」

と、今度は上山尋太郎が顔色を険しくしたが、構わず十左衛門は、後ろに控えていた梶山要次郎を促して、立ち上がった。

どうやら上山は睨んでいるようである。

その強い視線を背中にしっかりと受けたまま、十左衛門は梶山と二人、寺を後にするのだった。

四

徒目付の梶山要次郎が、上山家についてあれこれ調べて第一報を入れてきたのは、数日後のことである。

その報告を聞くため、十左衛門は梶山と二人、いま目付方の下部屋で向かい合っていた。

「どうやら上山のご妻女は、近く上山家の借金の形に、岡場所に売られる手筈となっていたようにてござりまする」

「うむ……。やはりそうか」

「え？」

と、梶山は目を丸くした。

「なればご筆頭、あの際に、すでにさように見抜いておいでていらしたので？」

この梶山要次郎は、実に素直な男である。徒目付としては、あの高木与一郎や本間柊次郎らに比べると少しく地味で、「利け者」と呼ぶには物足りない気もするのだが、実直で、とにかくこうして素直ゆえ、何ぞ判断のつきかねる難しい状況となった場合には、迷わずすぐに目付のもとへと配下なりを走らせて、どうすればよいかの判断を訊ねに来てくれる。

その正直さが、十左衛門ら目付たちにとっては「やりやすさ」に繋がることも多くて有難く、今も十左衛門はつい破顔しそうになった。

「いやな、そうはっきりと見て取れた訳でもないのだが、あのご妻女がやけにご器量が良うござったゆえ、もしやしたら誰ぞに横恋慕されて手籠めにでも遭うたか、もしくはあの器量を買われて苦界にでも行かねばならぬのやもしれないなどと、そんな風にも思えてな」

「いやまこと、そういえば、おっしゃる通りにございました……」

今更ながらに、あの妻女の顔を思い出しているのであろう。梶山は、一人で何度もうなずいている。

その梶山要次郎を促して、十左衛門は会話を先に進めた。

「して、その借金の原因は何であったのだ？」

「申し訳ございませぬ。何よりそこが肝心なのは重々判っておりましたのですが、どうにもこうはっきりと、『これ』というものが見つかりませんで……」

いつもの通りで梶山も、幾人かの小人目付たちと手を分けて、上山家の内情を探るべく、近くの酒場の男たちに声をかけてまわったそうである。

そうして「何でも、あの別嬪のご妻女が、よりにもよってお城の堀に身投げをしたそうじゃないか」と、世間話に誘ってまわったそうなのだが、男たちは、あの妻女がどこの岡場所に売られるかについてや、上山の屋敷に来ていた借金取りがどんな様子であったのかについてなど、みな興味津々で話していたそうだった。

「なかでもその上山家の借金の仕方が、ちと変わっておりまして、家中の借金のすべてを一軒の材木問屋から借りているようにてございまして」

「材木問屋？　札差ではないのか？」

「はい。借金を一手に引き受けているというのなら、おっしゃる通り、まずは『札差』というのが通例にてございましょうが……」

札差というのは、ごく特殊な商人である。旗本や御家人ら幕臣家から、毎回欠かさず俸禄の米を預かって代理人として売りさばき、その売り上げ金のなかから、そこそこの手数料を取るのを主な商売としている。

だがそうして「幕臣の家計の源泉」である俸禄米を一手に預かることによって、札差たちは、いわば客である幕臣家の家計をつぶさに知ることとなった。

必定、武家のほうでも、もし何ぞか金が要りようになった場合には、札差に借金の相談をするというのが、まずは普通になっているのだ。

「たとえば屋敷の建て替えでもいたして、その材木の分が払いきれずに借財になっているというなら判るが、一介の幕臣家が借金のすべてを材木問屋に集めておるというのが、どうにも解せぬな」

「はい。店は浜松町にありまして『吉野屋』と申すそうにてございますのですが、上山家が屋敷のほうは駿河台の小川町にございますゆえ、浜松町の吉野屋からは、いささか遠うもございますし」

「うむ……」

うなずいて十左衛門が沈思していると、その前で梶山が、またも続けて奇妙な報告をし始めた。

「加えて、あのご妻女の葬儀のことにてございますのですが、どうした訳か上山の家の屋敷では行わず、ご実家の『坂内家』の屋敷にて執り行うておりました」

「『岡場所に売った嫁ゆえ、すでに上山の家の者ではない』とでもいうことか？」

他人事ながら腹が立って、十左衛門が顔をしかめると、

「いえ、そうではございませんので……」

と、梶山は首を横に振ってきた。

「酒場で聞きましたかぎりでは、そもそもは上山家の隠居である先代が音頭を取りまして、菩提寺で盛大に葬儀を行う手筈になっていたそうにてございますのですが、それに当主の尋太郎が反対をいたしまして、無理やりにご妻女を実家の坂内家がほうに連れていってしまったそうにてございまして……」

そうしてそのまま夫の自分も坂内の屋敷にとどまって、坂内家の菩提寺のほうで手厚く弔いを済ませたのだそうで、今もなお尋太郎は坂内家に滞在し、そこで妻の冨季江の喪に服しているという。

「ちと調べてまいりましたら、当主・上山尋太郎より『妻の葬儀のため、姻戚の坂内家に十日の間、滞在する』旨、正式に外泊届も出ておりました」

幕臣家の当主には、基本、外泊は許されていない。

それというのも幕臣は「いざ戦」という際には、ただちに自分の家臣団を引き連れ

て江戸城に参上し、上様をお護りしなければならないからで、夜分どこかをふらつい
て自分の屋敷におらぬようでは、武士としての務めを果たせないからである。
用事があって他所に宿泊する際には、あらかじめ幕府に外泊届を出しておかなけれ
ばならず、その届を上山は正式に出してあるというのだ。
「いやしかし、いよいよもって、よう判らんな」
十左衛門が、つい愚痴めいた本音を漏らすと、
「まことに……」
と、梶山も大きくうなずいてきた。
「どうやら墓も坂内家の菩提寺のほうに作ったようでございますが、何ゆえそうして
夫の尋太郎が頑なに上山家の菩提寺で弔うことを嫌がっているものか、やはり私一番
に、そのあたりが気になっておりまして……」
「嫁女を売ると決めたのが先代の隠居あたりで、それに怒って逆らっておるのではな
いのか？」
「はい。それはもちろん大いにございましょうが、ただこうして実家の墓に入れてし
まえば、今度は尋太郎が妻とともには入れなくなりまする。あれほどに妻を想うてお
ります者が、さような道を選びますものかと」

「いやまこと、さようさな……」

十左衛門自身、亡き妻と別の墓に入るなど、考えられないことである。

「ではつまり、上山家の菩提寺の墓に入れたくない何かが、夫の尋太郎にあるということか……」

「はい。やはり材木屋の『吉野屋』とはまた別に、上山家の菩提寺である『慈昌院』がほうも探ってみねばなりませんかと……」

「うむ。して、その『慈昌院』とやらは、どこにあるのだ？」

「それがまた、上山家の屋敷のある小川町からは随分と遠いのでございます。なにせあの『芝の増上寺』の子院にてございますので」

「増上寺の子院、とな？」

「はい」

「…………」

と、十左衛門は口をへの字に引き結んだ。

芝にある『増上寺』は徳川将軍家の菩提寺の一つで、上野の『寛永寺』と並んで、歴代の将軍の御墓を二分している大寺院である。その増上寺の子院であるということは、目付方のこちらが調査をするに、何かと面倒だということだった。

「おう。だがたしか、くだんの『吉野屋』とか申す材木屋は、浜松町になかったか？」

　十左衛門が思い出してそう言うと、梶山は、

「はい」

　と嬉しそうな顔をして、一膝、身を乗り出してきた。

「上山の屋敷からは遠いのに、材木屋とはやけに近うございますのが、私も気になっておりまして……。とにかく寺と材木屋とを探れば、何ぞか少しは事情が判ってまいりますものかと」

「うむ。なれば、手伝いに斗三郎をつけるゆえ、そなたと二人、手を分けて探ったらどうだ？」

「はい！　『御頭』に来ていただけるのであれば、百人力にてござりまする」

　梶山が「御頭」と呼んだのは、むろん四名いる徒目付組頭の一人・橘斗三郎のことである。

　この斗三郎に限らず徒目付組頭たちは、配下である平の徒目付たちから「御頭」と呼ばれているのだが、ことに斗三郎は下からの人望が厚いのか、今の梶山のように「御頭の橘さま」と一緒に働くことを喜ぶ者が少なくないようだった。

「材木屋はともかく、慈昌院とか申す寺がほうは、何かと調査が難しかろう。正面から聞き込みに入るのであれば、『寺社方』を通さねばなるまいが、こたびは増上寺の子院ゆえ、『将軍家菩提寺に対して無礼ゆえ、あきらめよ』と言われかねないからな」

「まことに……」

とにかくまずは斗三郎をここに呼び、これまでの経緯をすべて話して聞かせようと話が決まって、梶山は急ぎ「御頭」を探しに向かうのだった。

五

芝の増上寺の周辺には、幾十もの子院や末寺が集まっている。

そのなかの一つが『慈昌院』で、百年以上前、当時の増上寺で上人を務めていた高僧が、本山の増上寺から身を引いて建立した子院であった。

由緒ある子院の一つであるから、今の住職を務めている「明慧」という三十五歳の僧侶も、遠くその血筋を辿れば三代・家光公の側室にも繋がるような名家の旗本家の子息だそうである。

とはいえ明慧は六男なうえ正妻の子ではなかったため、元服前の十二の歳にはすでに出家させられて増上寺の別の末寺で修行を積んでいたのだそうで、慈昌院に来たのは六年前、先代の住職が病で亡くなって無住となったところに、本山からの命で移動してきたそうだった。

「このあたりまでは、以前に慈昌院で寺男をしていたという者から、話を聞くことができたのでございますが……」

今、梶山が慈昌院の調べの報告をしている相手は、くだんの「御頭」である橘斗三郎である。

あの後、十左衛門をも含めた下部屋での相談で、「梶山が慈昌院を、斗三郎が吉野屋を……」と手を分けて、それぞれ数名の配下を使いながら調査を続けていたのだが、今は梶山が報告のため、斗三郎のもとを訪ねてきたのだ。

普段、目付方の配下たちが見張りのための隠れ場所として使うのは、目付方の支配下にある『辻番所』が多いのだが、今回、斗三郎が見張らねばならないのは材木問屋で、武家地ではなく町場にあるから、辻番所は皆無である。

それゆえ斗三郎は一考して、浜松町の裏手にある安手の旅籠を「長逗留」の形で借り受けて、そこを調べの拠点としていた。

むろんそこからでは大通り沿いにある吉野屋は見えないから、実際に見張りをする当番の者は、人馬や荷車の行き交う大通りで、通行人に紛(まぎ)れての見張りとなる。

　そうした形で吉野屋の人の出入りを観察しているため、町場の者らに怪しまれないよう小半刻(こはんとき)（約三十分）から半刻（約一時間）程度でまめに交替をして、非番になると、この宿に戻って身体を休めることにしていた。

　今は配下の小人目付二人が大通りに出ているから、斗三郎ともう一人の小人目付は、旅籠の部屋で休んでいたところであった。

「して要次郎、その慈昌院は、どれほどの寺なのだ？　住職のほかにも小坊主や寺男もおるようか？」

「小坊主どころか、欲深で吝嗇(りんしょく)な古坊主がおるそうにてござりまする」

「ほう。古坊主か……」

「はい。何でも先代の住職が亡うなられた後、その曲者(くせもの)の古坊主が勢いづいて、あれこれと威張るようになりましたそうで、私が事情(はなし)を聞いたその元の寺男は、古坊主に従うのが嫌で、ほかに移ったそうにてございまして」

　だが今では「康順(こうじゅん)」というその古坊主の上司(うえ)に、外の寺から住職として「明慧」が来てしまったため、「それ見たことか！」と、その寺男は愉しげに話していたという。

「もとより小坊主のたぐいはいなかったそうにてございまして、おそらく今も慈昌院は、住職の明慧と古坊主の康順、それに寺男が一人か二人いればいいほうであろうと、さように申しておりました」

「なるほどな……」

うなずいて、斗三郎は沈思し始めた。

今聞いたかぎりでは、慈昌院というその寺にさしたる特徴があるとも思えない。

先日、目付方の下部屋で一連の話を聞かされた際には、慈昌院自体に何ぞか問題のごときがあり、それゆえ上山が慈昌院を嫌って、妻の葬儀や埋葬を任せなかったように思われたのだが、「慈昌院を嫌って」というよりは、「妻を売ろうとした父親に歯向かって」という読みが、正解なのかもしれなかった。

そんな風につらつらと、斗三郎が考えていた時だった。

「戻りました」

と、部屋の外から声がして、町人姿に化けた小人目付の一人が、襖を開けて入ってきた。

「梶山さまもおいでてございましたか？」

「ああ。ちと御頭に、ご報告にまいってな」

「それはようございました」

「…………？」

　意味が判らず、斗三郎と梶山が顔を見合わせていると、その小人目付は斗三郎ら上役の二人が垂涎の手柄話をし始めた。

「吉野屋と慈昌院とが、繋がりましてござりまする」

「なに？　まことか？」

「はい」

　訊いてきた斗三郎にうなずいて見せると、小人目付は先を続けた。

　五十半ばと見える僧侶が、吉野屋の暖簾をくぐって店内に入っていったのは、まだ昼前のことだったという。

　すると半刻近くして、どこかの料理屋にでも注文したのか、かなり立派な仕出しの料理が幾つも届き、吉野屋で客のもてなしが行われているのだろうと見て取れた。

　昼前には入っていったその僧侶が、再び吉野屋の暖簾をくぐって外に出てきたのは、八ツ（午後二時頃）をとうに過ぎた頃である。

　目付方では、通常、見張りは二人一組で行うため、こたびも一人がその僧侶のあとを追い、残る一人が大通りの雑踏のなかにとどまって吉野屋の見張りを続け、と手を分けることと相成った。

　はたしてその僧侶を尾行していくと、浜松町からもさほど遠くない愛宕下（あたごした）の武家町のなかへと入っていった。

　愛宕下の武家地には、大名家や大身（たいしん）の旗本家の屋敷が多く集まっている。

　そのなかの一つ、おそらくは二、三千石程度の旗本家だろうと見える屋敷のなかに僧侶は入っていったのだが、小半刻ほどして出てくると、もと来た道を戻っていき、またも吉野屋のなかへと入っていったというのである。

　だが今度は幾らも経たないうちに店を出てきて、その足で増上寺近くにある慈昌院へと戻っていったそうだった。

「では二度も、材木屋に寄ったということか……」

「はい。その間に旗本屋敷を訪ねてもおりますし、もうこれは十中八九、吉野屋と慈昌院とが何やら手を組んでいるのではございませんかと」

「さようさな……」

　斗三郎と小人目付が話していると、どうやらその会話が一段落するのを待っていたらしく、横手から今度は梶山が訊ねてきた。

「吉野屋に入っていったという五十半ばの僧のことだが、浅黒い顔をした痩せぎすの男ではなかったか？」

「はい、梶山さま。おっしゃる通りでございました」

「おう。では要次郎、それが例の『古坊主』か？」

斗三郎が身を乗り出すと、

「はい」

と、梶山も嬉しそうにうなずいてきた。

「『欲深で吝嗇』と評された、あの康順にございましょう。それが商家に出入りして、『仕出し』にてもてなされておるのでございますから、慈昌院と吉野屋の間は、やはり金子で繋がっておりますことかと……」

「うむ……。康順が立ち寄ったというその旗本家が上山家と同様であれば、どういう『からくり』かは判らぬが、すでにもう吉野屋から多額の借金をして、首がまわらんようになっておるのやもしれぬ」

「はい。こうなると、やはりほかにも同様の武家が……」

そう言ってきた梶山に、斗三郎もうなずいて見せた。

「まずは檀家が狙われておるのであろうから、そのあたりを片っ端から調べるしかあるまいが、まさか慈昌院に訊ねる訳にはいかぬしな……」

「見張りの際に、寺に墓参りに来ていた町人を幾人か目にいたしましたゆえ、待てば武家の者とてまいるやもしれませぬ。それを尾行けれれば、名も屋敷も判りましょう」

「うむ。なればそれが町人であっても、『檀家』と見たら尾行けてくれ。金を搾ろうというのであれば、幕臣よりは、いくらか搾り甲斐もあろうからな」

「はい、ではさっそく……」

急ぎ梶山は慈昌院の見張りをしている配下たちのもとへと帰っていき、さっき報告に来た小人目付も、吉野屋の見張りに戻っていった。

「おい。ちと、よいか？」

斗三郎が声をかけたのは、二人一組で斗三郎と一緒に見張りに就いている配下の者である。

「はっ」

改めて向き直ってきたその配下に、斗三郎はこう言った。

「ちと思うところがあるゆえ、これより江戸城に立ち戻って、ご筆頭に報告をしてまいる。城からすぐに代理の者を走らせるつもりではあるが、その間、何とか見張りを繋いでもらえるか？」

「はい。こちらは何とでもいたしますゆえ、どうかご安心のほどを……」

「うむ。では頼むぞ」

斗三郎は話の通り、城の義兄のもとへと向かうのだった。

六

「なにッ？　なれば路之介を、慈昌院に忍び込ませると申すか？」

「はい」

義兄の十左衛門に凄まれたが、斗三郎は平然とした顔でうなずいて見せた。

さっき江戸城に着くなり斗三郎は、十左衛門を探して目付部屋に顔を出し、そのまま半ば強引に、義兄を目付方の下部屋へと連れ込んだのである。

「私が『自分の甥』と触れ込みをいたしまして、あとの事情は『旗本だった父親が罪を犯して切腹となり、この甥も縁座を受けねばならなくなった』と、そのままを申せば、向こうもまさか目付方の潜入などとは思いますまい。むろん路之介どのを、かような寺に本気で入れる訳にはまいりませぬゆえ、『未だ覚悟が決まってはおりませぬゆえ、まずは試しに修行の一端なりと体験させていただけたら……』と、そう切り出すつもりでおりまする」

「………」

不機嫌を満面に出して、十左衛門は黙り込んだ。

路之介を訳の判らない場所へ行かせるということ自体、しごく気に入らないというのに、一人で慈昌院を探らせるというのである。

だがそんな、一見、無茶な提案をしてきた義弟の言葉の奥に、「このまま何の心構えも持たせずに、いきなりポンと路之介を出家させる訳にはいくまい」という心遣いが隠されているのは、十左衛門にも判っていた。

「『調査を手伝うてくれぬか』と頼めば、路之介は断るまい。そうして役目で寺の生活を見させておけば、後々も出家の先で戸惑うこともなかろうと、そこを狙っての話なのであろうが……」

十左衛門がそう言うと、

「はい……」

と、素直に、斗三郎も認めて言った。

「わずかな期間のことですから、それで大して何が判るという訳でもございませんでしょうが、『妹尾の屋敷の外へ出て、僧侶になる』ということの覚悟ぐらいはできるやもしれませせぬ」

「うむ……。したが、おそらく調査(しらべ)の役には立つまいぞ」

やけにはっきり断言すると、十左衛門は先手を取って、こう言った。

「『下手(へた)に動けば怪しまれて、かえって目付方を警戒するやもしれぬゆえ、普通に過ごして気づいた部分(ところ)だけを教えてくれ』と、路之介にはそう申すつもりであるからな」

「さようでございますね」

そう言った斗三郎の口元は、どうやらかすかに笑っているようである。義兄が存外、過保護なところを、斗三郎に平気で見せてきてくれるのが、義弟としては、今さらながらに嬉しかったのだ。

「なればさっそく今宵にでも、路之介どのにお頼みにまいりましょう」

「…………」

返事をする代わりに、苦虫(にがむし)を嚙み潰したような顔をしてうなずいてきた義兄に、斗三郎は、今度は遠慮なく笑い出すのだった。

七

浄土宗の大本山である増上寺は、四方をぐるりと子院や末寺、学寮（修行僧の寮）に囲まれていたが、くだんの慈昌院もそのなかの一つで、増上寺からは東側の一画にあった。

本山で高位のお務めをしていた上人が、後続の僧侶たちにその地位を譲るため、自ら身を引いて結んだ子院であるから、決して大きな寺ではない。増上寺の表玄関である山門近くの土地を与えられてはいるものの、敷地自体は院の本堂の裏手にある墓地の部分を合わせても、三百坪がいいところと見えた。

そうした規模の寺であるからか、やはり僧侶は、住職である「明慧」のほかには、古参の「康順」ただ一人なようで、斗三郎が路之介を連れて慈昌院を訪ねていった時にも、玄関に応対に現れたのは康順であった。

その康順の案内で寺務所の奥へと入っていくと、離れになった奥座敷に住職の明慧がいた。

座していても、一瞬「おお」と目を見張るほどの、色白の大男である。立てばおそらく六尺（約百八十センチ）ほどは、ありそうな様子であった。

　その明慧を前にして、斗三郎は路之介の売り込みをし始めた。

「拙者、『小普請』の旗本にて、名を橘斗三郎と申しまする。これなる甥の飯田路之介は、亡き姉の忘れ形見にござりまして」

「住職の明慧でございます。何でも以前、ここで寺男をしていた者から、当院をお知りになられたとか……」

「はい」

　と、斗三郎はうなずいて見せた。

　実は先ほど玄関で、急な初見の来客を訝しんでいた康順を安心させるため、あらかじめ梶山から聞いておいた「先代の住職がいた頃に勤めていた寺男」の名を使わせてもらったのである。

「実はその治兵衛どのより、こちらのご住職さまが『もとはお旗本であられた』と伺いまして、なれば是非にも、この甥の出家についてご相談をと……」

　そう話を切り出しておいて、斗三郎は路之介の事情について説明をし始めた。

　むろん、事件のすべてをありのままに話してしまった訳ではない。斗三郎が口にしたのは、慈昌院側に不審を抱かせないための最低限の事情だけで、まずは路之介の父親が、とある幕府の禁を犯して切腹となったこと、その縁座で、何の罪もない嫡男の路之介が来年いよいよ島流しとなることを、話して聞かせたのだった。

「飯田家へ嫁した我が姉は、まだ路之介が幼き頃に病で亡うなりましたゆえ、飯田の家が取り潰しとなりましてからは、私が路之介を引き取って我が屋敷でともに暮らしておりましたのですが、今年とうとう十四になってしまいまして……」

十四のうちに出家をすれば島流しにならずとも済むため、今さらながらに受け入れてくださる寺院を探しているところだと、斗三郎はそう締めくくった。

「ご事情のほど、相判り申しましたが……」

ずっと黙って聞いていた明慧が、ようやく口を開いた。

「して、どうなさる？」

と、明慧が顔を向けたのは、路之介当人のほうである。

「そも出家なんぞというものは、自ら望んでいたす者など、ごくわずかでござってな。皆、何かしら拠所なき事情があって、好むと好まざるとにかかわらず修行の身となるのが世の常というものでござる。そこをばしっかと肝に銘じ置かれた上で、ご出家なさるがよろしかろう」

突き放すように、明慧がそう言った時である。

「はい」

と、路之介が目を上げて、真っ直ぐに明慧に向き直ってきた。

「お有難うござりまする。お言葉、胸に染み入りましてござりまする」

そう言い終えると、路之介は、やおら畳に両手をついて頭を下げた。

「お目汚しではございましょうが、私にこちらで修行の見習いをばさせてはいただけませんでしょうか」

「『修行を見習う』と申されるか？」

と、明慧は鼻で嗤うようにしてきたが、路之介も負けじと、目をそらさずに言ってのけた。

「はい。是非にもよろしゅうお願い申し上げまする」

「相判った。お引き受けいたそう」

「えっ？　ちとそれは……！　明慧さま！」

あわてて横から止めてきたのは、明慧の後ろに控えて座していた康順である。

その康順を振り返ると、明慧は一喝した。

「よけいな口を挟むでない」

「……はい」

康順はそれきり黙ったが、下を向いた横顔は、いかにもそれと判るほどの、ひどいふくれっ面である。

それでもやはり住職の言(げん)の通りに、路之介の「修行見習い」は無事決まり、さっそく翌朝からの入山を許されたのだった。

八

一方で十左衛門は、路之介が慈昌院に入ったその同日、番町にある「宮本(みやもと)」という旗本家の屋敷を訪ねていた。

宮本家の当主は、『勘定方(かんじょうがた)』で役高百五十俵の『勘定役』を務めており、日中の今は城内にある『勘定所』に務めているから、留守である。

だがこたび十左衛門が会いにきたのは、当主の宮本ではなく、その妻女で、「宮本多津(たづ)」という今年四十二歳になっているはずの女人であった。

この多津は、宮本家ではいわゆる「後妻」にあたるのだが、実は他ならぬ路之介の実母である。今からかれこれ九年ほど前に、くだんの路之介の父親・飯田岳一郎(たけいちろう)に、一方的に離縁されて屋敷を追い出され、路之介ら子供たちから引き剝(は)がされてしまっていたのである。

その時、路之介はまだ五歳で、もう一人いた多津の子供である路之介の姉「千絵（ちえ）」もまだ八歳であったが、そうして二人も子らがいるというのに、岳一郎は妻の多津を離縁して、持参金つきの別の女を、他家から後妻として迎えるつもりだったのだ。

だがそうした岳一郎の冷酷さを、縁談の相手側も見抜いたのかもしれない。多津が飯田家を出されてからしばらくして、その縁組は破談となったそうで、持参金を取り損ねた岳一郎は、それよりさらに悪辣（あくらつ）な計画を立てて、別のところから持参金をもらおうとしたのである。

かねてより病弱であった長女の千絵が十四歳で病死したのを利用して、その葬儀を当時十一歳であった路之介のものとして行った上で、幕府のほうには、

『嫡男・路之介は病にて急逝し、残る一子である長女の千絵も病弱で婿（むこ）を取れるような身体ではないため、親族の他家より養子を取り、その者に飯田家の家督を継がせるゆえ、お許しをいただきたい』

と、偽（にせ）の届出をして、その養子から莫大な持参金を受け取ったのだ。

幸いにして、その「人の親とは思えぬような」おぞましい計画は失敗し、十左衛門や斗三郎の手によって飯田岳一郎ら不正養子に関わった者らは切腹となったのだが、

飯田家の御家断絶で行き場を失った当時十一歳の路之介は、実母の多津が「自分の手元に引き取りたい」と申し出てきたのを拒否して、十左衛門の妹尾家に若党として武家奉公に入ったのである。

あの当時の多津の哀しみ様や苦しみ様をつぶさに見てしまった十左衛門は、まるで自分が多津から路之介を取り上げてしまったかのような申し訳なさを感じて、せめて多津が息子の心配をせずとも済むようにと、折々、多津に路之介の近況を知らせる文を出していた。

多津のほうでも、重ね重ねのその恩義に感謝をして、十左衛門に向けて御礼の文を出していたのだが、それを直接、妹尾家の屋敷に送って、路之介の知るところとなれば、たぶん息子が懸命に忘れようとしている心の傷を掻き毟ってしまうかもしれないと思い、文を別の屋敷に宛てて出し、そこから十左衛門のもとへと届けてもらっていた。

事情のすべてを知っている義弟の橘斗三郎の屋敷である。

こうしてこの四年間というもの、十左衛門と斗三郎は、多津とも親密に付き合いを続けていたのだ。

そんな繋がりがあったため、今日、十左衛門は番町の宮本家を訪ねて、路之介が今、目付方の仕事を手伝って、増上寺の子院である慈昌院に潜入してくれていることを、直に伝えに来たのであった。

「大事なご子息に、かような目付方の務めの手伝いなんぞをさせてしまい、まことにもって、何とお詫びを申せばよいか……」

そう言って、手をついて頭を下げきた十左衛門を、

「いえ妹尾さま、どうぞ、お手をお上げになってくださりませ」

と、多津はあわてて押し止めた。

「こたびそうしてお役目で、お寺のなかを覗くことができるというのは、必ずや路之介にとっては良い経験となりましょうし、まずは何より『妹尾さまのお役に立てる』というのが、路之介にとってはどんなにか……」

「いや……。さように言うていただいては、まことにかたじけのうござるが……」

十左衛門自身、路之介が心配でならないため、多津に許してもらえても、気持ちが晴れるという訳でもない。

まるで父親の代わりのようなこの「御目付さま」の様子が嬉しくて、多津は折々、いつも心のなかで有難く手を合わせていた。

「それよりは妹尾さま……」

と、多津は話題をそらせて、こう言った。

「この先の、本当の出家のことでございますのですが、やはりあの子は飯田の家の菩提寺のほうに、身を寄せる気でおりますのでしょうか？」

「いや、出家の先をどうするかについては、未だ路之介も決めかねておるものか、儂にはもちろん斗三郎や笙太郎にさえ、何も言わずにおるようでござってな」

「さようにございますか……」

多津の顔も曇ってきたが、それは路之介がたぶん妹尾家の菩提寺ではなく飯田家の菩提寺を選ぶのではないかと、そう思っているからだった。

「飯田のお墓には千絵も眠ってございますし、そのことを想えば、弟の路之介が毎日そばで暮らしてくれたら千絵はどんなにか喜ぶだろうと、そうは思うのでございますが、逆に路之介にとっては、はたしてそれが良いのかどうか……」

飯田家の菩提寺に入れば、やはり何かと飯田の家で父親と暮らした昔を思い出して、辛い気持ちに陥るのではあるまいかと、多津は心配でならないという。

「飯田の家を毎日毎晩引きずるような生活では、やはり到底、安らぐことなどできますまいし……」

「いや実は、まことそのあたりが案じられましてな。出家の後もこちらの手の届く寺におってくれれば、さようなこともなかろうかと、つい妹尾家の菩提寺なんぞも勧めてしまったのでござるが、思うてみれば飯田家の墓にはあの父御はおられぬし、さように辛き思いもせんで済むやもしれませぬぞ」

「はい。すでにあのなかにおります千絵のことを考えましても、本当に、それだけが救いでございまして……」

　話の通り、すべての元凶である父親の飯田岳一郎は、飯田家の墓には埋葬されていない。

　幕府は重罪を犯した者を、現世でだけではなく死してなお許さぬ姿勢を取っており、岳一郎のように私利私欲で重罪を犯した者の遺体は、決して親族には返さずに『小塚原』の刑場に運んで、無縁仏として雑に埋葬される決まりになっている。つまりは死後も供養されずにいることで、「自分の犯した罪を永遠に悔いよ」と、そうした意味が込められているのだ。

「でも本当にあの時は、千絵を手元に置いておいてやりたくて、位牌はもちろんお墓のほうも『いっそ宮本の菩提寺に移してしまえば……』と、そう思ったのでございますが、実際そんなことをいたしましたら、路之介はきっと生涯、私を許してくれなかろうと思いまして……」

あの当時、千絵は「路之介」として埋葬されていたから、位牌も墓も千絵の名前にはなっておらず、実母の多津が位牌も墓も作り直して、改めて葬儀のやり直しをしたのである。

その葬儀には、むろん十左衛門も顔を出させてもらったのだが、葬儀全般、位牌も墓もそれはもう立派なもので、どれほど多津が娘を救ってやれなかったことを悔いているかが、目に見えるようだった。

「いや多津どの、むろんお子たちの側にいてやれなかったことへの悔いはあれこれ残ろうが、あの際の千絵どののご法要は、まこと傍で見ていた我らまでもがホッといたすような良きご供養でござったぞ」

「お有難う存じます。妹尾さまにそうおっしゃっていただけますと、本当に……」

多津は口ではそう言ったが、やはり娘の千絵を想うと、泣けて泣けて仕方なくなるのだろう。すでに目に涙がたまって、今にもこぼれんばかりになっている。

そんな母親の姿を見てはいられずに、十左衛門は話題を慈昌院に戻した。

「くだんの慈昌院でござるがな、『修行の見習いは十日きりにしてくれ』と、向こうに日程を切られてしもうたゆえ、十日が過ぎれば戻ってくる。そこだけは安心してくだされ」

路之介の叔父という触れ込みの斗三郎を相手に、「十日きり」と言ってきたのは康順で、それが明慧からの指示であるのか否かは判らなかったが、「飯一つ食べさせるにも、必ず金はかかるのだから……」と、十日間の預かり料として二両を請求されたということだった。

「二両、でございますか……？」

慈昌院のあまりの欲深さに、多津も涙が一気に引いてしまったらしい。その多津に、十左衛門は大きくうなずいて見せた。

「さよう。すでに昨日の帰りしなには、先渡しで取られたそうにござるよ」

「まあ」

と、多津が本気で目を丸くして、あとは二人で、お互いに顔を見合わせて笑い出した。

どうやら路之介を慈昌院の調査（しらべ）に借り出してしまったことについては、さほどには心配していないらしい。そのことにとりあえずはホッとして、十左衛門はまた近く路之介の近況を知らせる旨、多津に約束すると、宮本家を辞すのだった。

九

　二両分の十日が経って妹尾家に戻ってきた路之介は、自分一人で潜入調査をしてきた緊張の反動か、いつになく興奮気味なようだった。

「五軒ほどではございますが、お武家が三軒に、商家が二軒、檀家の方がいらっしゃいましたので、新参の見習い坊主のふりをばいたしまして、お家のお名や、お屋敷がどこかなど、お伺いをしてまいりました」

「おう、それはお手柄ではござらぬか！」

　間髪（かんはつ）を容（い）れずに斗三郎が派手に褒めると、路之介は嬉しさを隠せぬ様子でもじもじとして、はにかんだ。

　今、路之介は妹尾家の奥座敷で、居並んでいる十左衛門と斗三郎を前に報告をし始めたところなのだが、十左衛門らの後ろにはもう一人、ちゃっかりと笙太郎までが座しており、興味津々で会話（はなし）に目を輝かせている。

　この報告の場に同席させてもらえる条件として、

「よいな。そなたは黙って聞いておれよ。ゆめ横手から、余計な口を挟むでないぞ」

と、ついさっき父親の十左衛門から釘を刺されていたのだが、案の定、この笙太郎には無理な条件であったようだった。

「いや路之介、まことにもってようやったな」

笙太郎は、十左衛門や斗三郎の後ろからひょいと顔を突き出して、路之介に満面の笑顔を見せている。

「おそらくは、そうしてはっきり『見習いで修行中だ』と名乗った上で、檀家に名や住処(すみか)を訊いたゆえ、慈昌院の者らも、まさか目付方の調査(しらべ)だなどとは、気がついてはおるまいて」

「さようにございましょうか？」

「おう。絶対に、ばれてはおらぬさ」

そう言って笙太郎が、実に晴れ晴れと路之介の手柄を褒めていると、

「笙太郎！」

と、横手から、とうとう十左衛門の叱責が飛んできた。

「……申し訳ござりませぬ」

さすがに慌てて引っ込んでいった笙太郎に止(とど)めの一瞥(いちべつ)をくれると、十左衛門は話を戻して、路之介にこう言った。

「五軒もあれば、まこと何ぞか判ろうからな。して路之介、書き留めたものなどはあるか？」

「はい！　こちらにてござりまする」

路之介が差し出してきた紙片には、なるほど五軒ほどの檀家の名前と、屋敷や店のある町名とが、路之介らしいていねいな筆致で記されていた。

『麻布市兵衛町　尾形萬五郎さま　曽祖父さま三十七回忌
赤坂清水谷　小泉忠左衛門さま　ご尊父さま七回忌
小石川大塚吹上　浦上政之進さま　高祖母さま四十三回忌
芝宇田川町　蠟燭問屋『上州屋』　祖父御さま十三回忌
芝露月町　小間物屋『井筒屋』　ご尊母さま一周忌』

さっき路之介当人も言っていた通り、武家が三軒、商家が二軒なようであったが、目付方の十左衛門や斗三郎がことに喜んだのは、「その檀家が、どんな先祖の法要をしたのか」についても記してあるということだった。

「いや義兄上、こうして法要の中身が知れているというのは、実に当たりが付けやすうございますな」

「うむ。その家の中間や女中に聞き込みをかけるにも、会話の持っていき方が読めるゆえ、やりやすかろうて」

「はい。まことに……」

十左衛門と斗三郎が話しているその前で、路之介は実に嬉しそうである。

そんな路之介の様子を見て取って、十左衛門は声をかけた。

「どうだな、路之介。寺にいて、何ぞ目に付いたことなどなかったか？」

「『目に付いた』でございますか……」

路之介はしばし考え込んでいる風であったが、つと目を上げると、いささか遠慮がちに言い出した。

「『目に付く』と申すほどのことではございませんのですが、皆さまご法要のお道具が、ずいぶんとご立派で新しゅうございましたもので、ちと驚いてしまいました」

「法要の道具？」

「はい、その……。何とご説明をすればよいものか、上手(うま)くは言えないのでございますが……」

と、路之介は懸命に言葉を選んで、話し始めた。

「慈昌院は浄土宗で、妹尾家(こちら)とも飯田の家とも宗派が違(ちご)うございますゆえ、あれが普通なのやもしれませぬが、ご先祖さまのご法要をなされるたびごとに、いちいちすべてのお道具を新しゅうなさっておいでてございましたもので……」

「『お道具』というと、どんなものだ？」

「『三方』と申しますのでしょうか、白木でできた膳のようなものや、お供えのご飯の碗や、菓子盛りの大皿や、お茶の茶碗に、それを載せる漆塗りの高台や香炉。あとは花活けの器なんぞも、どれもみな新しゅうございましたし、あちこちに敷いていた錦の敷物なども、すべて新品になさっておいでのようで」

「ほう……」

　と、十左衛門は目を見開いた。

「時に路之介、そなた、さような難しきことに、よう気づいたな」

「いえ実は、私が気づいた訳ではございませんで、この『井筒屋』と申される小間物屋のご主人が、康順さまと揉めていたのが耳に入ってまいりまして……」

　一カ月後に行われる予定の井筒屋の法要は、主人の母親の一周忌だそうで、つまりは昨年亡くなって葬儀をしたということになるのだが、その去年の葬儀の際にすべて新品で揃えたはずの道具の数々を、「また全部買い直せ」と康順に言われて、「納得ができかねる」と井筒屋の主人が言い返していたらしい。

「なんでも去年のお道具は、すべて慈昌院に預けていらしたそうなのですが、それをお寺が勝手に処分してしまったということかと、井筒屋さんはたいそう怒っていらっしゃいまして」

「ほう。なるほどの……」

「いや義兄上、これは面白うございますな」

「さようさな」

大きく義弟にうなずいて見せると、十左衛門は改めて路之介に向き直った。

「いやまこと、大手柄だぞ、路之介。そなたのおかげで、どうやらこたびが一件も、ようやく奥が見えてまいったぞ」

「お有難う存じまする。お言葉、終生忘れませぬ」

と、路之介が、つと口にしてきた一言で、一瞬にして場の空気が変わった。ことに笙太郎などは口をギュッと引き結んで目を伏せてしまい、今にも鼻をぐずつかせそうな按配(あんばい)である。

そんな三人の様子を見て取って、路之介は「しまった……」と、焦り始めたようだった。

「よけいなことをば申しまして、まこと申し訳もござりませぬ」

「いや……」

と、十左衛門は、素直に向き直った。

「正直こちらも『できれば、ずっとこのままで……』と、半ば先延ばしにして逃げておるようなところがあるゆえな……。して、どうであった？　寺の暮らしというものが、少しは覗けたか？」

「はい……」

路之介もうなずいて、先をこう、真摯に続けてきた。

「ただ何と申しましょうか、ご住職の明慧さまなのですが、何かというと二言目には、『己の不運に、ずっと甘えてきたのであろう』と、さような風におっしゃって、あまりにしつこうございましたものですから、私もだんだん腹が立ってまいりまして、昨日とうとう、つい言うてしまいました」

「え？　『言うて』？」

横手から斗三郎に合いの手を入れられた形となって、

「はい……」

と、路之介は苦笑いになった。

「『大事な姉を病で亡くしてしまったというのに、父に無理やりその姉のふりをさせられて、死んでもいない自分の葬儀に出なければならない悔しさなど、ご住職さまにはお判りにはなりますまい』と、言い返してしまいまして……」

「おう。言うてやったか！」

十左衛門の後ろから、またも笙太郎が我慢できずに口を出してきて、だがそれで、

「はい」

と、路之介が笑顔になった。

とたんに場の空気も元のように軽くなって、笙太郎があれやこれやと訊いてくるのに次々と答えて、慈昌院の庭はどんな様子であったかとか、明慧と康順の仲はどんな風であったかなど、路之介は元気よく喋り続けたのだった。

十

翌日から十左衛門は斗三郎や梶山と手を分けて、路之介が書き留めてきた慈昌院の檀家について調べ始めた。

まずは「麻布市兵衛町の尾形萬五郎」だが、これは大身四千石の『寄合（無役）』の旗本であった。

当主の曽祖父の三十七回忌を、尾形家の菩提寺である慈昌院で行った訳だが、梶山

や配下の小人目付たちが、いつもの伝(でん)で酒場に集まる中間たちから聞き込んできたところによると、

「もう三十七回忌だというのに、こたびの法要はまるで新規の葬儀のごとくで、やけに金がかかった」

と、尾形家の古参の『用人(ようにん)』が、ひどくこぼしていたということだった。

次は「赤坂清水谷の小泉忠左衛門」である。

こちらは役高二千石の『新番頭(しんばんがしら)』を務めており、先代の当主の七回忌をしたということであったが、現当主の忠左衛門は婿養子で、先代は妻女の父親であるため、小人目付たちがあちこちで聞きまわっても、「法要に金がかかって、たまらない」というような愚痴のたぐいは、いっこう聞こえてはこなかったという。

対して逆に、慈昌院の「強欲さ」を腹立ちまぎれに言い触らしてまわっているのが、「芝露月町の小間物屋『井筒屋』」であった。

井筒屋は露月町の大通りに店を出してはいるのだが、問屋ではなく小売りの小間物屋で、商売の品物も、町場の女たちが使う白粉(おしろい)や髪油(かみあぶら)や元結(もとゆい)などといった安価な品が多く、高価な簪(かんざし)や櫛(くし)でも、二両か三両がせいぜいである。

そうして日々の細々(こまごま)とした商(あきな)いで、ようやく貯めた大事な金を、慈昌院にあんな形

で、いわば「ぼったくられた」のだから、その悔しさを近所中に言い触らすのも、仕方のないことだった。

だが問題は、あとの残りの二軒である。

そのうちの一つ「芝宇田川町の蠟燭問屋『上州屋』」を、数名の配下とともに調べてきたのが梶山要次郎で、最後の一軒「小石川大塚吹上の浦上政之進」のほうを担当したのが、橘斗三郎とその手下についた小人目付たちだった。

今、十左衛門は、斗三郎と梶山の二人を集めて、目付方の下部屋で話をし始めたところである。まずは梶山が、蠟燭問屋『上州屋』についての報告をした。

「上州屋も、すでに娘が売られておりました」

「なに？　では、あのご妻女と同様ということか？」

十左衛門が口にした「あのご妻女」というのは、江戸城の外堀に浮かんでいた旗本家の妻女・上山冨季江のことである。

「はい」

と、梶山要次郎は顔つきを暗くして、先を続けた。

「上州屋は芝のあのあたりでは、まずは中堅どころといった蠟燭問屋でありまして、増上寺本山の出入り問屋ではございませんが、慈昌院をはじめとして幾つもの末寺や子院にも、蠟燭（しな）を納めておるようにてございます」

「そうして客筋が良いというのに、何ゆえ娘を売らねばならぬほどに借金があるのだ？」

「その客筋に喰い込もうと無理をいたしましたのが、そもそもの間違いのようにてござりまする」

　仕事柄、寺院は蠟燭をよく使うため、かねてから井筒屋も増上寺界隈の寺の御用を狙っていたそうで、自分の家の菩提寺である慈昌院に相談したところ、幾つかの子院や末寺に橋渡しをしてくれたという。

「それが今から六年前、明慧が慈昌院の住職となって間もなき頃でございましたそうで、ただしそうした口利きに、慈昌院は結構な額の金子を要求してきたそうにてございました」

「法要で儲けるだけでは飽き足らず、そんなほうにも手を伸ばしたか」

「はい。『口利きをするなら、相手の寺にも相応の金子を土産（みやげ）にしなければならないから……』と、康順などははっきりと、そう口にも出しましたようで」

　とはいえ上州屋も商人だから、端（はな）から損をすると判っていれば、口利きなんぞは頼まない。「取らぬ狸（たぬき）の皮算用」ではあったのだろうが、紹介を頼める子院や末寺からの売り上げがあれば、今払う高い口利き料の分もいずれは回収できようと考えて、慈昌院に橋渡しを頼んだに違いなかった。

「ただ何軒分もの口利きの代でございますゆえ、手持ちの金だけでは都合がつかず、金貸しに頼ることになりましたようで」

「もしやして、それが浜松町の材木問屋『吉野屋』だったということか？」

「はい。その吉野屋を紹介したのも、慈昌院の康順だったそうにてござりまする」

「なるほどの……」

だが慈昌院と吉野屋の悪巧みは、それだけでは終わらなかった。莫大な借金の形(かた)に吉野屋が求めてきたのは、「上州屋の後見役となること」だったのである。

以来、上州屋の家計はすべて吉野屋が牛耳(ぎゅうじ)ることとなり、商売の金の出入りにも、主人一家の家計にも、必ず吉野屋が目を通して、ことに大きく家計に左右するような物事については、一方的に上から命じて言うことを聞かせるようになっていたのだ。

「ではそれで、上州屋の娘も……？」

横手から訊いてきた斗三郎に、梶山はうなずいて見せた。

「はい。もとより近所で評判になるほどの器量良しだったそうにてございまして、そこに吉野屋が目をつけて、去年まだ十四のうちに、吉原(よしわら)へ高う(たこう)売られたそうにてござりまする」

　この一連の上州屋の悲劇を話して聞かせてくれたのは、もとは上州屋の奥向きで長年奉公していた老齢の女中であったという。

　吉野屋が後見役として就いた時、上州屋の奉公人たちは、店をまわすための番頭やごく一部の手代を除いて、あとは全員、解雇されてしまったのだそうで、その女中も外部(そと)から上州屋の主人家族を心配して、何かというとこっそり裏口から出入りして、様子を聞きに来ていたそうだった。

「赤子の頃よりあれこれと世話をしてきた上州屋の娘が吉原に売られて、ひどく怒っておりましてな。吉野屋や慈昌院の者らがお縄になるというのなら、いくらでも証言をいたしますと、さよう申してくれました」

「なれば要次郎、おぬし自分を『目付方』と名乗って、話を聞いたのか？」

　サッと顔色を青くしたのは、斗三郎である。

　そも上州屋も吉野屋も町場の者たちだから、その行状を調べるのも、捕まえて糾弾するのも『町方(まちかた)』の担当で、支配違いの自分ら目付方は、本来であれば、いっさい手出しはできないのだ。

「勝手なことをばいたしまして、まことにもって申し訳ござりませぬ」

梶山要次郎は、十左衛門と斗三郎の前に平伏した。

「初手は私も、吉野屋に借金のある浪人のふりをいたしておりましたのですが、その御上のお女中を飯屋に誘い、あれやこれやと長く話を聞きますうちに、『もしかして、御上のお調べでございますか？』と、気づかれてしまいまして……」

「だが、そうといたしたところで、いくらでも逃げの口上はあるだろう？　否定も肯定もせぬままに、ぼんやりと茶を濁しておけば、御上の何役が調べに来たかは判らぬではないか」

斗三郎のような徒目付組頭は、配下の徒目付や小人目付たちを指導・監督する立場にあるから、こうした時には是非にも叱らなければならないのである。

だが梶山もそこは重々承知の上で、覚悟を持って「目付方」と名乗ってきたようだった。

「あのお女中のどこまでも主家を想う忠義を前にして、それに私が正規に応えずにいる訳にはいかないと、そう思うてしまいまして……」

「…………」

斗三郎は返答に迷って、黙り込んだ。

この「要次郎」は、もとよりこうした実直な男で嘘がなく、そうしたところも実に好ましく感じているのだが、こたびばかりは、そんな悠長なことを言ってはいられない。

城のお堀に旗本家の妻女が浮かんで、そこから調査が始まったゆえ目付方(こちら)が動いているのだが、寺である慈昌院は『寺社方』の支配、吉野屋や上州屋は『町方』の支配である。すでにそこを踏み越えて、あれこれ勝手に調べてしまっている事実(こと)自体が問題にされるに違いないのに、よりにもよって慈昌院は、徳川将軍家の菩提寺である増上寺の子院なのだ。

これでこちらが「町場の者を証人に立てる」などと言ったら、越権行為も甚(はなは)だしいとして、目付方の筆頭である十左衛門がどんな処分を受けることになるものか、本当に判らない。

この先の調査をどう進めていけばよいものか、斗三郎が必死に考えをめぐらせていると、その横で十左衛門が、急にぼそりと言い出した。

「まあ、さようさな」

「え……？」

義兄が何に相槌(あいづち)を打ったのかが判らず、斗三郎が目を丸くしていると、十左衛門は少し笑って言い足してきた。

「どのみちもう、将軍家の菩提寺に喧嘩を売っておるゆえな。今さら寺社方や町方に調査の協力を仰いだところで、お味方になってはくれまいて」

「義兄上！」

城内では決して使わぬと決めた言葉が出てしまったが、そんなことを気にする余裕は斗三郎にはなかった。

この義兄は、寺社方も町方も巻き込まず、おそらくは自分一人で何重もの責を負う形にしておいて、遠慮なく将軍家菩提寺の子院を敲くつもりなのだ。

「…………」

身内としては止めたいが、どうすればよいのか判らない。

もう何も言えずに斗三郎が義兄の横顔を見つめていると、

「失礼をいたします。中山喜十郎にござりまする」

と、部屋の外から声がして、下部屋の襖を開けて若い小人目付が一人、こちらへと入ってきた。

「喜十郎？」

と、即座に腰を浮かせたのは、梶山要次郎である。今、顔を出してきた中山喜十郎は、梶山とともに慈昌院の人の出入りを見張っていた小人目付の一人なのだ。

「どうした、喜十郎。何ぞあったか？」

「はい。つい先ほど慈昌院に、くだんの上山尋太郎が供も連れずにやってまいりまして、寺の玄関に出てきた康順と明慧に突然に斬りかかろうといたしまして……」

「なにッ？」

と、誰より先に声を発したのは十左衛門である。以前、上山の妻女の亡骸を預けた寺で上山と話した際に、夫の尋太郎がどれほど妻の冨季江を想っていたかを目の当たりにしていた十左衛門は、「こうしたことが起こらねばよいが……」と心の隅で案じていたのだ。

「して、明慧ら二人は？」

「無事でございます。上山が慈昌院にまいりました時点で、門外から見ていた私どもも身構えておりましたので、上山が腰の刀に手を向けたのを契機に飛び込みまして、どうにか取り押さえましてござりまする」

「さようか。ようやった……」

ホッとして十左衛門は、後ろにいる斗三郎や梶山を振り返ってうなずき合った。

これでもし本当に上山が明慧や康順に斬りかかって、死なせたり、大怪我をさせたりしていたら、幕臣旗本である上山尋太郎は罪に問われて、切腹や御家取り潰しといった重罰を受けることになるだろう。

上山家が実際どのような形で慈昌院や吉野屋から金を搾取されたのかについては、未だすべてが判明した訳ではないが、尋太郎は妻の冨季江を失っているのである。

被害者であるはずの上山尋太郎が重罪に問われるような事態になるのは、是非にも避けたかったのだ。

「して、上山や明慧たちは、今どういたしておる？」

「とりあえず刀は目付方(こちら)で預かりました上で、今は皆、慈昌院の奥座敷に集めて待たせてござりまする」

「よし。なれば、疾(と)く参るぞ」

「ははっ」

と、斗三郎や梶山も立ち上がってきた。

どうやら最悪の事態は回避できたらしいことが、慈昌院へと向かう十左衛門の心を少しく軽くするのだった。

十一

はたして十左衛門ら一行が慈昌院に到着し、中山喜十郎の案内で寺務所の奥座敷へと入っていくと、先ほどの話の通り、くだんの三人は一部屋に集められており、何とも言えぬ居心地の悪さを漂わせていた。

たぶん上山は刀を取り上げられた後も、妻の仇討ちをするべく明慧や康順に襲いかかろうとしたのであろう。暴れ出さないようにするため、簡易に縄を打たれている。

その上山尋太郎とは離れた場所に明慧と康順が座していて、その三人を見張る形で梶山の下で働いていた別の小人目付二人が同室していた。

「ご住職、失礼をいたしますぞ」

改めてそう言って、十左衛門は明慧の前に座り込んだ。

「拙者、目付筆頭の『妹尾十左衛門』と申す者にてござる。これなるは配下の徒目付組頭『橘斗三郎』と、徒目付の『梶山要次郎』にござるが、すでにお見知り置きの者もござろうかと……」

そう言って十左衛門が斗三郎に目配せすると、それを受けて斗三郎も明慧ら二人に真っ直ぐに向き直った。

「先般は甥の飯田路之介が『修行の見習い』をばさせていただきまして、まことにもって有難う存じました」

「…………！」

と、明慧も康順も、言われてようやく気づいたらしい。

「では、あれは御上のお調べで？」

とっさに顔色を変えてそう言ってきたのは、康順である。

だが一方、明慧のほうは、そんな康順の言葉に引っかかりを感じたようで、顔つきを険しくして、康順に向き直った。

「康順。御上のお調べとは、どういうことだ？」

「いえ、その、別段、私も……」

六尺の大男である明慧に詰め寄られて、康順はもう、しどろもどろである。

だがそんな二人のやりとりに、

「小賢しいぞッ！」

と、横手から喰ってかかってきたのは、腰縄を打たれて動きを封じられている上山尋太郎であった。

「さように今さら知らぬ顔などいたしたところで、おぬしらの悪行は、すべて拙者が白日の下に晒してくれるわ！」

「悪行？」

と、今度は逆に、明慧がカッと顔色を変えた。

「失敬な！　いくら古参の檀家といえども、今の一言は聞き捨てならぬぞ。こちらが何の『悪行』を為したというのだ？」

「何かというと『妹の供養のため』と父や母を謀って、いいように金子を毟り取っているではないか！　それがせいで冨季江は自害いたしたのだ。おぬしらが殺したようなものだ！」

「…………」

と、一瞬、明慧が黙り込んだのを見て取って、十左衛門が口をはさんだ。

「上山どの。『妹御のご供養』とは、どういう？」

「四年ほど前のことにてござりまする」

上山は腰縄をかけられたまま十左衛門のほうに向かって座り直して、直訴するかのように身を乗り出して話し始めた。

「かねてより病がちの妹にてございましたが、四年前、十六になったばかりの正月にとうとう病で亡うなりまして……」

病弱なため幼い頃から屋敷のなかにこもりがちで、世間知らずだったこともあり、十六という歳のわりには幼子のように純真で、父母や兄の尋太郎はもちろん、すでに嫁に来ていた冨季江や家臣たちにも広く好かれて、可愛がられていたという。

だがそんな妹もとうとう四年前の正月元旦に亡くなってしまい、その際に、葬儀の相談に出かけた尋太郎の父親が慈昌院で言われた内容が、上山家を傾ける契機となった。

「『よりにもよって元旦に亡うなるなどと、おそらくはご先祖が現在の上山家ご一同に対して腹を立て、守護してくれぬようになっておられるに違いない。そも万事、ご先祖のご供養が足りておられぬのであろう』と、さように言われたそうにございまして、以来、父も母も異常なほどに先祖の法要を気にして、この慈昌院に多額の布施をし続けておりました」

実際、普通であればやらない高祖父の妾の四十三回忌を二十両もかけて行ったりと、法要ごとについては、すべて慈昌院の言いなりに何でもするようになってしまった。

「むろん私はそのたびごとに反対したのでございますが、『ご先祖の怒りを買うて、この将来、上山家の血筋が絶えたら何とする？』だの、『彼岸であの娘に、どんな苦難が降りかかるか判らない』などと両親に泣かれますもので、なかなか止めきれずにおりまして」

「ではその伝で法要ごとに借財がふくらんで、結句、吉野屋の言うなりにご妻女の冨季江どのも……」

十左衛門がそう言うと、上山は目を伏せてうなずいてきた。

「『嫌と言うなら、金を返せ』と言われました額が、とてつもないものにてございましたゆえ、仕方なく私は家にあるだけの金子をかき集めまして、冨季江にそれを持って逃げるよう言い聞かせました」

逃がす先は、冨季江の実家「坂内家」の所領の村にしようと、坂内の両親とも相談し、受け入れ先となる庄屋の家でも冨季江が来るのを待っていたそうだった。

「庄屋の村へは、坂内の家臣たちが供してくれる手筈となっておりましたゆえ、前夜のうちに冨季江をこっそりと逃がしまして、実家に帰るよう言い含めたのでございますが……」

だが冨季江は実家には帰らずに、小川町にある上山家からも遠くない外堀に入水したのであろうと思われた。

「私が坂内の屋敷までついて行けばよかったのでございます。ですが冨季江を逃がしますことは上山の父や母にも内緒にしておりましたので、下手に私が動きましては、知れてしまおうかと思いまして……」

今でも悔やまれてたまらないのであろう。上山尋太郎は泣きたいのをこらえるように、きつく唇を嚙んでいる。

たぶん今、さらに何かを言おうとすれば、上山は涙をこらえきれなくなるだろう。慈昌院の前で己の泣く姿を晒すのは不本意に違いなく、十左衛門は上山の代わりに、慈昌院の二人に向けて言い放った。

「上山どのがお家についてでは、今お聞きの通りにござる。しかして、こうした檀家のお家は、何も上山どのがところにかぎったものではない。ご先祖の法要をいたすに、菩提寺の貴殿らの言いなりに慮外な金子を費やして、それがために家計が傾き、そこに金貸しの吉野屋がつけ込んでという風な檀家が武家にも商家にもたんとあるのは、我ら目付方の調べでも、もうとうに知れてござるぞ」

「…………」

十左衛門に言い放たれて、慈昌院の二人はそれぞれに黙り込んでいる。

だが程なく明慧は十左衛門へと顔を上げ、増上寺子院の権威を見せて、言ってきた。

「我ら寺院が『お寺社方』のご支配にあるのは、周知の事実にござる。されば貴殿ら

『お目付方』が、こうして横から四の五のと申されるのは、幕府の法に背くことにもなりましょうぞ。よって今こちらが申し開きをばいたしますのも、控えさせていただきとうござる」

「相判り申した」

スッと素直に引っ込んで見せると、だが十左衛門は静かにこう言い足した。

「けだし、こちらも正当に『幕臣家を護らん』として動いてござる。しかるべく筋を通した上で、この先も変わらず遠慮のう動くつもりにござるゆえ、そこはご承知くだされよ」

「…………」

と、明慧は明らかにムッとした顔つきになったが、構わず十左衛門は斗三郎や梶山を振り返って、促した。

「されば我らは上山どのをご同道して、お暇いたすぞ」

「はっ」

皆いっせいに返事をして、十左衛門に続いて立ち上がった。もう暴れ出すおそれもないため、上山尋太郎の腰縄もすでに解かれている。

万が一にも明慧や康順に逃げられることがないよう、梶山と小人目付たちは慈昌院の見張りに戻り、十左衛門と斗三郎の二人は上山尋太郎を小川町の屋敷に送り届けるべく、その場を去るのだった。

十二

十左衛門が首座の老中・松平右近将監武元に向けて、急ぎ面談を願い出る旨、書状を提出したのは、翌朝のことである。

右近将監との面談を急いだ理由は、明慧ら慈昌院側に先手を取られぬようにしたかったからで、真実を曲げられた形で先に御用部屋まで報告が入ってしまうと、相手が増上寺の子院であるだけに、いよいよこちらからの報告が押し潰されてしまいかねないからだった。

だが幸いなことに、早くもその日の昼前には老中の右近将監より返答の文が下されてきて、十左衛門は「ここで待て」と指定を受けた「中之間」で、右近将監のお出ましを待っていた。

いつもならこうした会談は、ほかならぬ右近将監からの「お命じ」で、御用部屋にて行われるのが普通である。

つまりいつもは目付である十左衛門が、御用部屋まで呼びつけられる形となるのだが、今日ばかりはどうした訳か、御用部屋ではなく、中之間なんぞに呼び出されたという訳だった。

このいわば、いつにない「右近さま」のよそよそしさが何を意味しているものか、正直、さすがに十左衛門も怖くない訳ではなかったが、こたびは徳川将軍家の菩提寺が関わっているから仕方がない。

とにかく今日は、あの慈昌院と吉野屋にこれ以上の悪事を続けさせないよう、老中方から直々（じきじき）に厳罰を下していただきたい旨、願い出るつもりなのだ。その上で、もしそれに加えてお願いができる様子であれば、何も報せてはいない寺社方や町方はむろんのこと、筆頭の自分以外の目付方の者らにも、いっさい何のお咎（とが）めもなしで済むよう、嘆願する覚悟であった。

すでに一件の経緯については、上山の妻女が堀に浮かんでいた当初のことから順を追い、慈昌院の檀家五軒に対する非道の実情についてまでを、書状にして提出済みである。

はたして、ようやくにお出ましとなった「右近さま」を前にして、十左衛門は一件のあらましをさらって聞かせた。

「なればその五軒目の『小石川の浦上何某』という旗本も、吉野屋と申す材木商に、浦上家の家政を牛耳られているということか?」

「はい」

右近将監に答えて、十左衛門はうなずいて見せた。

「こちら浦上家は、五年前、幼きご嫡男の大病が慈昌院での祈禱の後に快癒なさったことに、信仰の起因があるようにてございまして……」

それ以来、浦上家当主の政之進と妻女とが、慈昌院の明慧を敬うばかりに寺の言いなりになり、他家ではせいぜい墓参りがいいところの古い先祖の法要までを、豪勢にいちいち大金をかけて執り行っていたらしい。

武家は古参の家ならば、幕府が開府する以前から先祖が脈々と続いて、数えられないほどの人数になっている場合が多い。

浦上家も同様で、今回などは高祖母の四十三回忌を五十両もの大金をかけて行っており、そのなかの三十両ほどは、慈昌院がかねてより欲しがっている鐘楼の建立資金として寄進したそうだった。

「したが十左衛門、そうして己で明慧を信じて、先祖供養の法要に金をかけておるのであれば、慈昌院を責めることはできまいて」

「はい」

と、十左衛門も素直に認めて、うなずいた。

「たしかにこの浦上は、寄進も自ら行うてはおるのでございますが、後見役の吉野屋の言いなりに、家臣もひとり用人だけを残して、他は解雇いたしてしまいましたゆえ、『月次』の登城さえできぬような有様でございまして……」

「なに？　では何ぞ、病か怪我とでも嘘をつき、『月次御礼』に出ておらぬということか？」

「はい」

「…………」

とたん顔をしかめた右近将監に、十左衛門はさらに続けてこう言った。

「武家が、幕臣の本分を蔑ろにしてまで、先祖の供養に金子を使うてしまうようでは、本末転倒でございましょうかと」

「うむ……」

と、右近将監はいよいよ難しい顔をして、何やら考え込んでいる。

そんな右近将監に、

「右近さま」

と、十左衛門は改めて平伏した。

「そも寺社方も、町方も通さず、得手勝手にあれこれと調べて、増上寺の子院に喧嘩をば売りましたのは、この私でござりまする。こたびが一件につきましては、ほかの目付の同輩にも、詳細は隠しておりました。さような次第でございますので、責は私、一身にござりまする。どのようなお叱りを受けようとも覚悟はできておりますゆえ、どうかもう檀家の者が妻や娘を売らずに済むよう、お救いくださ……」

「黙らっしゃい！　くどいぞ、十左衛門！」

「ははっ」

ぴたりと黙って蛙のように這いつくばった十左衛門を上から見下ろして、右近将監は立ち上がった。

「会談は終いだ。そなたが望むよう、首を洗うて待っておれ」

「はっ」

と、返事をしてきた十左衛門を鋭く眺めて、右近将監は顔を歪めたようである。

そうして日頃は穏やかな右近将監にしてはめずらしく、どすどすと荒々しく音を立てて中之間を去っていったのであった。

十三

　目付筆頭である妹尾十左衛門久継に対する処分は、ほんの数日のうちに決まった。

「支配の筋を越権し、独断で要らぬ調査を決行して、幕府の法を乱した罪」で、二十日間の逼塞、つまりは二十日の自宅謹慎の処分となったのである。

　二十数年前に『目付』となってからこのかた、ただの一日も「丸一日の休日」というものがなかったため、外にも出られず、ただただ屋敷内に居続けなくてはならない毎日は、十左衛門にとっては想像以上に苦痛であった。

　だがそれでも、斗三郎や笙太郎、路之介をはじめ、妹尾家の家臣や、十左衛門の妹の一家も、「切腹や御家断絶にならずに済んで、よかった」と、みな胸を撫で下ろしていたようである。

　そうしてようやく二十日が経ち、十左衛門が久しぶりの目付部屋の空気を堪能していると、思いもかけぬ人物からの書状が届き、またも「中之間へ……」と呼び出しがかかった。

　寺社奉行の一人で四十二歳の、「土岐美濃守定経さま」からである。

はたして十左衛門が急ぎ中之間へと向かうと、すでに土岐美濃守は、こちらを待って座していた。

「お待たせをいたしましたようで、まことに申し訳もござりませぬ」

「いや。気にせんでくれ、妹尾どの。こちらが急に呼び出したのだ」

さして会話をしたこともない土岐美濃守だが、どうやらかなり機嫌はいいようである。それが証拠といわんばかりに、美濃守は続けて言ってきた。

「慈昌院が一件では、そなたにずいぶんと難儀をかけたが、ようやく処分が決まってな」

「では、慈昌院の僧侶らの……？」

「さよう。まずは、あの『康順』とか申す、金まみれの生臭坊主だが……」

「はい……」

と、身を乗り出した十左衛門に、美濃守は一つうなずいて見せてきた。

「あれは、破門の上、打ち首じゃ。あの後こちらの寺社方でも、ちと詳しゅう相調べてみたのだが、悪さしておったのは康順と吉野屋ばかりで、住職の明慧がほうは、いわゆる『蚊帳の外』というやつでござってな」

「え？　まことに……？」

十把一絡げに、慈昌院の二人と吉野屋を「悪党」と見ていた十左衛門は、美濃守の話にいささか驚いていた。

「ですが美濃守さま、たとえば法要の道具一つを取りましても、檀家が常に新品を揃えておれば、さすがに『妙だ』と気がつくはずで……」

「そこが、そも生まれが良すぎるゆえか、何でも良きようにものを捉えて、裏の意味など考えずにおったゆえ、康順や吉野屋が好きに動けておったのでござろうが」

檀家が法要のたびごとに新しく道具を揃えてくれることについても、「やはり皆さま、明慧さまへのご信仰が厚いゆえ、ああして買い揃えてくれるのでございますな」などと康順におだてられ、ごく単純に「有難いものよ」と喜んでいたらしい。

一方で康順は、一度きり使っただけのほぼ新品のような道具を売り払って金に換え、自分の懐に入れていたという。

ちなみに慈昌院に道具を卸していたのは吉野屋で、本業の材木問屋の傍ら、仏具も取り扱っていたのである。慈昌院で法要があるたびに、仏具が売れるのであるから、吉野屋の笑いも止まらないという訳だった。

「檀家が金繰りに困ってくると康順が吉野屋を紹介し、そこで金子を借りさせては、借金でがんじがらめにするという悪辣ぶりでござってな。その家に売れそうな娘や妻女はおらぬかと、康順が下見にまいっていたというのだから、恐れ入る」

「まこと、さようにございますな……」

十左衛門もうなずいたが、まだ一つ金の流れで、気になっているところがあった。

「鐘楼の建立の話は、やはり寄付集めの作り話で?」

「いや、明慧自身は大真面目であったようだ」

「では浦上どのが寄進なさった三十両は、本当に……」

「いやそれが、もとより寺の家計は康順が握っていたゆえ、三十両など、とうに女に消えてしまっているらしい」

「女、にございますか?」

「ああ。康順は、吉野屋の女中の一人を気に入って、寺に近い門前町に一軒借りて、住まわせておったそうでな。何だかんだと用事を作って出かけては、女のもとへと足繁く通っておったそうだから、金はいくらでも欲しかったという訳だ」

「なるほど……。いやようやく康順という男がどういう者か、判ったような気がいたしまする」

同時にそんな康順と、住職の明慧が、いかに互いに馬が合わないかについても、納得ができるようになった。

明慧はいわば世間知らずで、何かと高圧的な物言いをし、決して誰にでも当たり前に好かれるような性質（たち）ではないのであろうが、康順のように姑息（こそく）で現世利欲を欲する悪人ではないに違いないのだ。

「して、明慧へのお沙汰はいかがなものに？」

「本山よりのお命じで、今の慈昌院よりも格の低い白金村（しろがねむら）の『増上寺下屋敷（しもやしき）』に移ることに相成ってな。その下屋敷のなかにある無住の末寺に、移されることになったそうだ」

「さようでございましたか……」

本山のお膝元から遠く白金村の下屋敷にまで流されるというのだから、結構な左遷（させん）である。もとより明慧は気位が高いから、これは相当の心痛だろうなどと考えていると、前で土岐美濃守がこんなことを言い出した。

「いやまこと、こたびはご貴殿に難儀をばおかけいたしたな……。このせいで勘定方へのご昇進が流れたと伺（うかご）うたのだが、まことにござろうか」

「え？　ああ……」

あまりにも突然で、一瞬、何を言われたものか判らなかったのだが、たぶん『勘定奉行』への昇進話のことを指しているのだろう。どうやら長く懸案だった昇進話は、無事に流れたようだった。

「いや美濃守さま、それがし、根っからの『目付好き』にてござりますゆえ、どうかご安心のほどを……」

そう言って笑い合い、ほどなく互いに中之間を離れた。

今日こうして十左衛門の謹慎明けを待ち構えて、寺社奉行の「土岐美濃守さま」が、慈昌院の処分についてをわざわざ直に報せてくださったのは、昇進が流れたこちらに「すまない」という、詫びのような気持ちがあったからに違いない。

つまりはこの一件で、目付方のこちらが寺社方に何の相談もなく調査を進めてしまったことには、何の問題もなかったということなのであろう。

あれこれようやく晴れ晴れとして、十左衛門は謹慎明けの今日という日を愉しむのだった。

十四

それから一ケ月あまりが経った、師走半ばのある早朝のことである。

十左衛門の屋敷の奥座敷に、すでに僧形となった飯田路之介の姿があった。

その前には出立の挨拶を受けるべく十左衛門が座していて、横に笙太郎と、前夜から妹尾家に泊まり込んでいる斗三郎も並んでいる。

実は前夜、路之介の新たなる門出を祝って、妹尾家の屋敷では盛大に家臣までもが皆でうち揃って、大宴会を催したのである。

その心の底から皆で愉しんだ宴会の翌朝ゆえか、まだようやく薄明るくなってきたばかりの真冬の朝だというのに、さほどには寒さが身に沁みないようである。

昨夜の余韻を引きずっているのか、はたまたわざと明るく振舞っているのかは判らないが、路之介は笙太郎を相手に、何か子供同士にしか判らない冗談を言い合って、笑っているようだった。

路之介がこれから向かう先は、白金村にある増上寺の末寺の一つで、住職はくだんの「明慧和尚」なのである。

一ヶ月前、寺社奉行の「土岐美濃守さま」から報せてもらった慈昌院の処分についてを、妹尾家に帰って路之介と笙太郎にも話して聞かせてやった際、一通りすべてを聞き終えた路之介が、

「私、その明慧さまが末寺にまいりましては、いけませんでしょうか？」

と、突然に言い出した時には、本当に驚いたものである。

「よい訳がなかろう？　向こうは罪を犯して、下屋敷に飛ばされた身だぞ」

さっそくに笙太郎が反対したが、路之介は笑顔のままで、考えを変えない。

「『罪』と申しましても、康順どのや吉野屋の悪事を見抜けなかっただけにてございますし、お寺の修行は、芝の本山のそばでも、白金村の下屋敷のなかでも、きっと同じでございましょうから」

「いや、そうしたことではない。そなたが妹尾家の菩提寺におれば、いつにても会いに行けるが、赤の他人のよその寺では、おいそれと会えぬではないか」

「会いにいらしてくださりませ。私も、もしも非番というものがいただけるのであれば、そのたびごとに、妹尾(こちら)家に里帰りをさせていただきますゆえ」

「里帰りって……」

口ではいつも路之介には勝てないため、笙太郎はふくれっ面になったのだが、そんな笙太郎を見て取ってか、路之介はこう言ってのけたのである。

「ここを『里』だと思うては、やはりいけませんでしょうか？」

「馬鹿者！　いいに決まっておろう。そなたの里は、この家だ！」

と、そんな具合にとうとう笙太郎が丸め込まれて、路之介は白金村の『清眼寺(せいがんじ)』という増上寺の末寺に、入山することが決まったのだ。

路之介がそう決めた心の内ならば、わざわざ理由を訊かずとも、十左衛門は判っているつもりである。

まずは明慧が路之介と同様に元は旗本家の出であって、己自身が望んだ訳ではないのに、無理に出家をさせられたということが、明慧を選んだ第一の理由であろう。

だがたぶんそれ以上に、明慧が安易に路之介に同情せず、「皆、似たり寄ったりの境遇なのだから、甘えるな！」と突き放してきたところに、師匠としてのある種の畏敬を覚えたのだろうと思われた。

それならば、きっと路之介らしく、自ら何でも自分で選んで見極めて生きていけるに違いない。

そう思って十左衛門は自分自身も心を決めて、路之介と二人、すでに慈昌院から清眼寺へと移った明慧のところへ、十日ほど前、入山のお願いにうかがったのである。

慈昌院の半分ほどかと見られる小さな寺に、明慧和尚はただ一人、小坊主はもちろん寺男の一人もなしで暮らしていたのだが、路之介が入山の願いを口にして平伏すると、その瞬間、十左衛門にもそれと判るほどに嬉しそうな顔になり、次には急いでその緩んだ顔を引き戻した。

そうしていかにも意地っ張りの明慧らしく、路之介を真っ直ぐに見据えて、こう言ってきたのである。

「だがそなたも聞いておろうが、私は本山から『懲らしめ』を受けて、芝の地から白金村へと流されてきた身だぞ」

「はい。ですが修行はどの地でも、きっと同じでございましょうし」

「…………」

見れば明慧は嬉しさを隠そうとしてか、唇を無理に引き結んで、妙な顔つきになっている。

これまでの経緯もあって、たぶん自分一人では上手く素直にはなれないのであろう明慧を見て取って、横手から十左衛門が助け舟を出した。

「こう言うてきかぬのでござるよ。すでに和尚どのもご存じであろうが、この路之介は正直で素直だが、そのぶん芯が強うて、頑固にてござるゆえ……」

そう言って十左衛門が自分の横にいる路之介に手を伸ばし、愛おしくその肩をぽんぽんと叩いていると、

「……さようでござろうな」

と、ようやく明慧が本音を出して、三人揃って笑顔になれた。

するとそうして存分に屈託なく笑ったあとで、明慧は路之介に向かって、こう言っ

てきたものである。

「ご自身の境遇をも逆手に取って、主君のお役目の助力に入らんとするとは、まこと武士として肝の据わったなさりようでござったな。慈昌院への見習いを許したあの日、叔父上に連れられて、ただおとなしゅう黙っているそなたを『甘い』と眺めて、つい要らぬ説教などいたしたが、ご勘弁くだされよ」

そうしてとうとう師走半ばの今日、晴れて路之介の出立の日を迎えたという次第であった。

「番町の多津どののところには、もう文は出したのか？」

僧形の路之介を前にしてそう訊いたのは、むろん十左衛門である。

すでに多津のもとには十左衛門が報告に行き、入山を許した時の明慧の様子もすべて話して安堵はしてもらっているのだが、路之介にもそのことを報せた上で、「やはりお母上には、一度きちんとご挨拶をせねばならぬぞ」と言って聞かせると、「では文を出しまする」と路之介は答えてきたのだ。

だが今の「多津どののところには、もう文は出したのか？」という十左衛門の問いに、路之介は首を横に振った。

りまする」

「会うてみることにいたしました。白金村へ行く前に、番町に立ち寄るつもりにござ
「うむ。それがよいな」

「はい」

と、路之介は返事をすると、次には十左衛門の後ろで案じ顔で見ていた斗三郎と笙太郎に向けても、一つにっこりとうなずいて見せた。

「では……」

と、最後の最後は、ごく短くそう言って、路之介は深々と頭を下げたままで止まっている。

十左衛門と斗三郎、笙太郎の三人は、玄関先まで見送りに出てきていたのだが、今あまりに路之介がいつまでも黙ったままで顔を上げてこないため、皆それぞれ懸命にこらえ続けていたものが、今にもこぼれ出そうになっていた。

「ほれ、もうよい。早く行け」

いよいよ我慢ができなくなって、十左衛門が手を伸ばして肩を撫でてやると、

「……はい」

と、路之介はくぐもった声で返事して、次の瞬間、バッと身体を起こすと同時に、

こちらへ背を向けた。

「では……」

振り返らずに、やおら走り出した路之介の頰は、濡れていたようである。

つと見れば、笙太郎などはもう、泣きの涙であった。

こうして十左衛門ら三人は、明け方の駿河台の通りを駆け抜けてどんどん小さくなっていく路之介の後ろ姿を、いつまでも見送るのだった。

二見時代小説文庫

下座見の子　本丸 目付部屋13

二〇二三年　五　月二十五日　初版発行

著者　藤木　桂

発行所　株式会社　二見書房
〒一〇一-八四〇五
東京都千代田区神田三崎町二-一八-一一
電話　〇三-三五一五-二三一一［営業］
　　　〇三-三五一五-二三一三［編集］
振替　〇〇一七〇-四-二六三九

印刷　株式会社　堀内印刷所
製本　株式会社　村上製本所

落丁・乱丁本はお取り替えいたします。定価は、カバーに表示してあります。
©K. Fujiki 2023, Printed in Japan.
ISBN978-4-576-23051-1
https://www.futami.co.jp/

藤木 桂

本丸 目付部屋

シリーズ

以下続刊

①権威に媚びぬ十人
②江戸城炎上
③老中の矜持
④遠国御用
⑤建白書
⑥新任目付
⑦武家の相続
⑧幕臣の監察
⑨千石の誇り
⑩功罪の籤
⑪幕臣の湯屋
⑫武士の情け
⑬下座見の子

大名の行列と旗本の一行がお城近くで鉢合わせ、旗本方の中間がけがをしたのだが、手早い目付の差配で、事件は一件落着かと思われた。ところが、目付の出しゃばりととらえた大目付の、まだ年若い大名に対する逆恨みの仕打ちに目付筆頭の妹尾十左衛門は異を唱える。さらに大目付のいかがわしい秘密が見えてきて……。正義を貫く目付十人の清々しい活躍！

西川 司

深川の重蔵捕物控ゑ

シリーズ

以下続刊

① 契りの十手

目の前で恋女房を破落戸に殺された重蔵は、悪党が一人もいなくなるまでお勤めに励むことを亡くなった女房に誓う。それから十年が経った命日の日、近くの川で男の骸がみつかる。体中に刺されたり切りつけられた痕があるのだが、なぜか顔だけはきれいだった。手札をもらう同心千坂京之介、義弟の下っ引き定吉と探索に乗り出す重蔵だったが…。人情十手の新ヒーロー誕生！

二見時代小説文庫

早見俊

椿平九郎 留守居秘録

シリーズ

以下続刊

①逆転！評定所
②成敗！黄金(きん)の大黒
③陰謀！無礼討ち
④疑惑！仇討ち本懐
⑤逃亡！真実一路
⑥打倒！御家乗っ取り
⑦暴け！闇老中の陰謀
⑧宿願！御家再興

出羽横手藩十万石の大内山城守盛義は野駆けに出た向島の百姓家できりたんぽ鍋を味わっていた。鍋を作っているのは馬廻りの一人、椿平九郎義正、二十七歳。そこへ、浅草の見世物小屋に運ばれる途中の虎が逃げ出し、飛び込んできた。平九郎は獰猛な虎に秘剣朧月(おぼろづき)をもって立ち向かい、さらに十人程の野盗らが襲ってくるのを撃退。これが家老の耳に入り……。

二見時代小説文庫

早見俊

居眠り同心 影御用

シリーズ

閑職に飛ばされた凄腕の元筆頭同心「居眠り番」
蔵間源之助に舞い降りる影御用とは…!?
完結

①居眠り同心 影御用 源之助人助け帖
②朝顔の姫
③与力の娘
④犬侍の嫁
⑤草笛が啼(な)く
⑥同心の妹
⑦殿さまの貌(かお)
⑧信念の人
⑨惑いの剣
⑩青嵐(せいらん)を斬る
⑪風神狩り
⑫嵐の予兆
⑬七福神斬り
⑭名門斬り
⑮闇の狐狩り
⑯悪手(あくしゅ)斬り
⑰無法許さじ
⑱十万石を蹴る
⑲闇への誘い
⑳流麗の刺客
㉑虚構斬り
㉒春風の軍師
㉓炎剣(えんけん)が奔(はし)る
㉔野望の埋火(うずみび)(上)
㉕野望の埋火(下)
㉖幻の赦免船
㉗双面の旗本
㉘逢魔の天狗
㉙正邪の武士道
㉚恩讐の香炉

二見時代小説文庫

早見 俊

勘十郎まかり通る シリーズ

完結

① 勘十郎まかり通る　闇太閤の野望
② 盗人の仇討ち
③ 独眼竜を継ぐ者

向坂勘十郎は群がる男たちを睨んだ。　空色の小袖、草色の野袴、　右手には十文字鑓（やり）を肩に担いでいる。六尺近い長身、　豊かな髪を茶筅（ちゃせん）に結い、　浅黒く日焼けしているが、鼻筋が通った男前だ。肩で風を切り、威風堂々、大股で歩く様は戦国の世の武芸者のようでもあった。大坂落城から二十年、できたてのお江戸でドえらい漢（おとこ）が大活躍！

二見時代小説文庫